Otto Schenk, Helmuth Lohner
Lacherfolge

SERIE PIPER

Zu diesem Buch

Eine Sternstunde des Humors ist garantiert, wenn die Komödianten und Publikumslieblinge Otto Schenk und Helmuth Lohner auf die Bühne treten. Die besten Sketche ihrer langen, erfolgreichen Karriere zeigen sie in skurrilen, komischen und hinreißend charmanten Szenen: Sie bezeugen, wie schwierig es sein kann, ein Auto zu steuern oder eine Giraffe per Bahn zu versenden. Als betrunkene Antialkoholiker halten sie flammende Reden gegen den Alkohol, und beim Kauf einer Salatgurke müssen sie erleben, wie schwierig der Umgang mit einem modernen Taschenrechner sein kann. – Otto Schenk und Helmuth Lohner wissen, wie sie ihr Publikum unterhalten können: mit einem Feuerwerk an Wortwitz und Situationskomik!

Otto Schenk, geboren 1930 in Wien, erhielt als Regisseur und Schauspieler Engagements in aller Welt. Von 1988 bis 1997 Direktor des Wiener Theaters in der Josephstadt, tritt er heute regelmäßig mit seinem eigenen Bühnenprogramm auf und zählt zu den populärsten österreichischen Schauspielern in Film, Fernsehen und Theater.
Helmut Lohner, geboren 1933 in Wien, gilt als höchst wandlungsfähiger Darsteller, dessen Repertoire von Shakespeare über Schnitzler bis zu Nestroy reicht.

Otto Schenk
Helmuth Lohner

Lacherfolge

Die besten Sketche aus fünf Jahrzehnten

Vorwort von Tobias Moretti

Mit 28 Fotos

Piper München Zürich

Aufführungs- und Senderechte siehe Quellenverzeichnis

Von Otto Schenk liegen bei Piper im Taschenbuch vor:
Sachen zum Lachen
Garantiert zum Lachen
Nach außen bin ich ja viel jünger
Lacherfolge (mit Helmuth Lohner)

Ungekürzte Taschenbuchausgabe
Juni 2007

Umschlag/Bildredaktion: Büro Hamburg
Heike Dehning, Charlotte Wippermann,
Alke Bücking, Daniel Barthmann
Umschlagfoto: Moritz Schell
Gestaltung & Lektorat: Dino Kunkel, sputnik kommunikations.satellit
Druck und Bindung: Clausen & Bosse, Leck
Printed in Germany ISBN 978-3-492-24970-6

www.piper.de

Vorwort *Tobias Moretti* 7

Elefantenkauf *Hugo Wiener* 11

Herr Powondra *Hugo Wiener* 27

Mein Nachbar in Grinzing *Anton Kuh* 39

Levkojen *Hugo Wiener* 47

Die Fahrstunde *Willy Pribil* 81

Der größte Feind der Menschheit *Stefan Lukschy/Otto Schenk* 99

Der Transport *Ernst Hagen* 107

Auf den Flügeln des Gesanges *Paul Kiralyhegyi/Georg Kövary* 117

Der Dank *Franz Hohler* 133

Gespielte Witze *Otto Schenk* 143

Über Otto Schenk 149

Über Helmuth Lohner 169

Quellenverzeichnis 182

Die hohe Schule der Pause oder Was Lustiges tun ist noch keine Kunst nicht

Die Herren Schenk und Lohner haben Generationen von Publikum vor und nach mir geprägt.

Auch mich. Und sie haben mir Respekt, man muss es zugeben, manchmal auch Angst vor der kleinen Form des »Leichten« eingeflößt, denn es gibt Dinge, die man nicht besser machen kann, vielleicht anders.

Wirkungsvolle und heitere Texte auszuwählen ist noch keine große Kunst. Dank großer Literaten und kleiner Meister gibt es einen unerschöpflichen Schatz von Texten, die sich eignen, Publikum zu unterhalten.

Aber Schenk und Lohner haben über viele Jahre das Publikum verwöhnt. Sie haben die Latte hoch gelegt, sehr hoch. Daran muss sich jeder messen lassen, der hierzulande leicht und spielerisch Komödiantisches spielt oder liest.

Am Text kann es nicht liegen. Es liegt an der Pause.

Am Atem, am Blick, am angedeuteten Seufzen, an der gerunzelten Stirn. Um eine richtig gesetzte Pause zu machen, muss man die »leichte« Vorlage ernst nehmen, lieben, mit ihr arbeiten, mit ihr spielen, sein schauspielerisches Handwerk achten und die Kunst, vor allem aber sein Publikum. Nichts ist schwerer als das Leichte. Das ist ein gern bemühter Allgemeinplatz. Für das, was Lohner und Schenk treiben, sind das ganz untaugliche Begriffe; sie bewegen sich jenseits solcher vermeintlich künstlerischen Gewichtstabellen.

Jeder kocht nur mit Wasser. Aber wenn man in ihre Suppe schaut, spiegeln sich im Sud, also im Fond, der Zirkusclown, aber auch der hohe Komödiant eines Edoardo de Filippo, aber eigentlich was ganz Eigenes.

Als Schauspieler habe ich tiefen Respekt. Als Publikum tiefe Dankbarkeit und Freude.

Tobias Moretti

Volks-Zeitung

Elefantenkauf

Hugo Wiener

In einem Kaffeehaus sitzt der reiche Erbe Leibusch beim Frühstück und liest in der Zeitung. Ihm nähert sich sein Freund Stransky.

Leibusch: Grüß' Sie, Herr Stransky.

Stransky: Guten Morgen, Herr Leibusch.

Leibusch: Ich freu' mich, Sie wiederzusehen.

Stransky: Ich freu' mich auch, Herr Leibusch. Ich war schon bei Ihnen im Geschäft. Sagen Sie, Herr Leibusch, könnten Sie mir nicht 300 Schilling borgen? Nur auf kurze Zeit, nur bis mein Bruder aus Spanien zurückkommt.

Leibusch: Ja, und wann wird das sein?

Stransky: Na, das ist unsicher. Vorläufig weiß er

noch gar nicht, ob er hinfahrt. Sagen Sie nicht nein, Herr Leibusch. Schauen Sie, Sie haben doch Ihr ganzes Geld sowieso geerbt.

Leibusch: Ja eh, deswegen darf ich es nicht hergeben. Mein Geld ist ein Andenken an meinen Vater. (Beißt ins Nusskipferl.) Das ist steinhart, das kann man nicht hinunterwürgen!

Stransky: *Ja, aber das Leben ist auch hart und Sie müssen es hinunterwürgen. Er soll's Ihnen umtauschen gegen ein Mohnkipferl.*

Leibusch: Jetzt hab' ich's schon angebissen.

Stransky: *Er hat auch angebissene Mohnkipferl. Was aber unser erstes Gespräch anlangt, was ist mit den 300 Schilling?*

Leibusch: Reden ma einmal nicht vom Geld, plaudern wir erst ein bisschen.

Stransky: Wir könnten auch über die 300,– plaudern.

Leibusch: Also ich kann Sie nicht verstehen. Warum nehmen Sie keinen Kleinkredit?

Stransky: Keinen was?

Leibusch: Keinen Kleinkredit. Haben Sie noch nichts von der Kleinkreditaktion gehört?

Stransky: Nein.

Leibusch: Nein? Also, lassen Sie sich erzählen. Jedem Österreicher werden bis zu 15.000 Schilling kreditiert in bar

ohne Bürgen, wenn er eine
Lohnbestätigung vorweisen kann.

Stransky: *Das kann ich. Die gibt ma mein Bruder. Und mit der Lohnbestätigung krieg' ich 15.000 Schilling?*

Leibusch: Ja.

Stransky: *Meine Frau auch?*

Leibusch: Auch.

Stransky: *Mein Sohn auch?*

Leibusch: Ja, Sie müssen natürlich das geborgte Geld wieder zurückzahlen.

Stransky: *Ich hab' gewusst, da ist ein Haken dabei.*

Macht nichts, da wird mir schon noch etwas einfallen, aber sagen Sie, wo krieg' ich die 15.000 Schilling.

Leibusch: Bei jeder Bank. Die Bank gibt Ihnen den Kredit.

Stransky: Aber wo nimmt die Bank das Geld her?

Leibusch: Na, die Bank holt den Kredit von der Regierung.

Stransky: Und die Regierung?

Leibusch: Die Regierung macht eine Anleihe im Ausland.

Stransky: 15.000 Schilling.

Leibusch: 15.000… 15 Milliarden Schilling.

Stransky: 15 Milliarden Schilling, die könn' ma doch nie zurückzahlen.

Leibusch: Na, es ist ja nicht in bar. Wir geben es in Ware. Wir z.B. liefern Eisen nach Indien und Indien gibt uns dafür Reis, sagen wir 2 Millionen Tonnen Reis.

Stransky: 2 Millionen Tonnen Reis. Was mach' ma mit so viel Reis? Reisfleisch könn' ma machen.

Leibusch: Aber wir behalten doch den Reis nicht. Wir geben ihn natürlich wieder weiter. Und zwar an eine Nation, die keinen Reis hat z.B. England.

Stransky: England hat keinen Reis?

Leibusch: Nein.

Stransky: Da werden sich die Engländer doch freuen, wenn sie von uns so viel Reis bekommen.

Leibusch: Natürlich werden sie sich freuen, aber die behalten den Reis auch nicht. Nein, die geben ihn wieder weiter z. B. nach Frankreich und kriegen von Frankreich Champagner.

Stransky: Champagner soll' ma trinken, wenn ma nicht einmal Reis haben.

Leibusch: Aber die Engländer trinken doch den Champagner nicht. Die geben ihn auch wieder weiter nach Amerika, USA.

Stransky: Ich weiß, ich kenne das Land…

Leibusch: … ja, und kriegen von dort Hafer.

Stransky: Die Engländer essen Hafer?

Leibusch: Die essen keinen Hafer, sie schicken den Hafer nach Argentinien und von dort kriegen sie Fleisch.

Stransky: Was für Fleisch?

Leibusch: Was für Fleisch? Naturschnitzeln.

Stransky: Wenn sie keinen Reis haben? Zum Naturschnitzel g'hört Reis.

Leibusch: Aber die Engländer essen doch die Naturschnitzel nicht.

Stransky: So heikel sind die?

Leibusch: Nein, die sind nicht heikel. Aber sie brauchen andere Sachen notwendiger. Sie schicken die Naturschnitzel z.B. nach Japan und kriegen von dort Fotokameras. Die Fotokameras schicken die Engländer nach Holland und von Holland schicken die dann Käse und den Käse schicken die Engländer nach Österreich und die schicken den Käse nach Indien und von Indien kriegen wir das Eisen, das wir dorthin geschickt haben.

Stransky: Das verstehe ich nicht.

Leibusch: Natürlich verstehen Sie das nicht, das ist der Welthandel, das versteht kein Mensch.

Stransky: Sagen Sie, Herr Leibusch, Sie sind doch, wie man so hört, ein einigermaßen gescheiter Mensch.

Leibusch: Na ja, schon, ja.

Stransky: Geben Sie mir einen Rat. Angenommen ich bekomm' den Kredit, möchte ich doch das Geld irgendwie anlegen.

Leibusch: Nun nichts leichter als das. Sie kennen doch meinen Schwager?

Stransky: Den Smetlak?

Leibusch: Ja, der hat einen kleinen Wanderzirkus gehabt, der eingegangen ist.

Stransky: Das tut mir aber leid.

Leibusch: Und jetzt löst er den Tierpark auf, da könnte ich Ihnen einen äußert günstigsten Gelegenheitskauf vermitteln. Einen Elefanten um 10.000,–.

Stransky: *Einen Elefanten. Was mach' ich mit einem Elefanten?*

Leibusch: Na, sind Sie kein Tierliebhaber?

Stransky: *Doch, aber einen Elefanten…*

Leibusch: Na, ein Elefant ist genauso ein Haustier wie jedes andere. Wie ein Hund, eine Katze, oder ein Goldfisch.

Stransky: *Das schon, aber einen Elefanten kann ich doch nicht in ein Aquarium stecken. Wissen S', was so ein Elefant frisst?*

Leibusch: Was weiß ich, was der frisst. Fleisch.

Stransky: *Aber wie viel Fleisch? So viel Naturschnitzel können mir die Engländer gar nicht schicken, dass der Elefant satt wird.*

Leibusch: Haben Sie eine Ahnung, wie süß so ein Elefant ist? Wann S' ihn streicheln, fährt er Ihnen mit dem Rüssel übers Gesicht.

Stransky: *Na, und dafür soll ich 10.000,– zahlen?*

Leibusch: Jumbo heißt er.

Stransky: *Jumbo! Die meisten Elefanten heißen Jumbo, das mag ich nicht.*

Leibusch: Sie können ihn auch umtaufen… Poldi zum Beispiel.

Stransky: *Poldi! Da ist Jumbo ja noch besser!*

Leibusch: Schauen Sie sich doch das Tier einmal an. Er ist süß – und ein Gedächtnis hat er… Na, übrigens wie alle Elefanten.

Stransky: Ich kenne keinen persönlich.

Leibusch: Wie Sie ihn einmal schlecht behandeln, dann merkt er sich das ein Leben lang.

Stransky: Das kann meine Frau auch. Da brauche ich keinen Jumbo dafür.

Leibusch: Und tanzen kann er auch.

Stransky: Wir sind Nichttänzer! Außerdem, wo soll ich den Elefanten hingeben. Wir haben eine Zwei-Zimmer-Wohnung in einem Neubau; die Wände sind so dünn, wenn ich Herzklopfen hab', nimmt mein Nachbar

Baldrian. Stellen Sie sich vor, da fängt der Elefant noch zu tanzen an bei uns. Der geht mir nicht mal bei der Tür hinein.

Leibusch: Also, sagen Sie mir, Sie wollen den Elefanten um 10.000,– nicht?

Stransky: Ich will ihn nicht, ich will ihn nicht.

Leibusch: Na gut. Jetzt sollen Sie sehen, was ich für ein Mensch bin.

Stransky: Ja?

Leibusch: Ich mache Ihnen jetzt ein anderes Angebot. Herr Stransky, zwei Elefanten um 15.000,–.

Stransky: Zwei Elefanten um 15.000,–? Das ist was anderes.

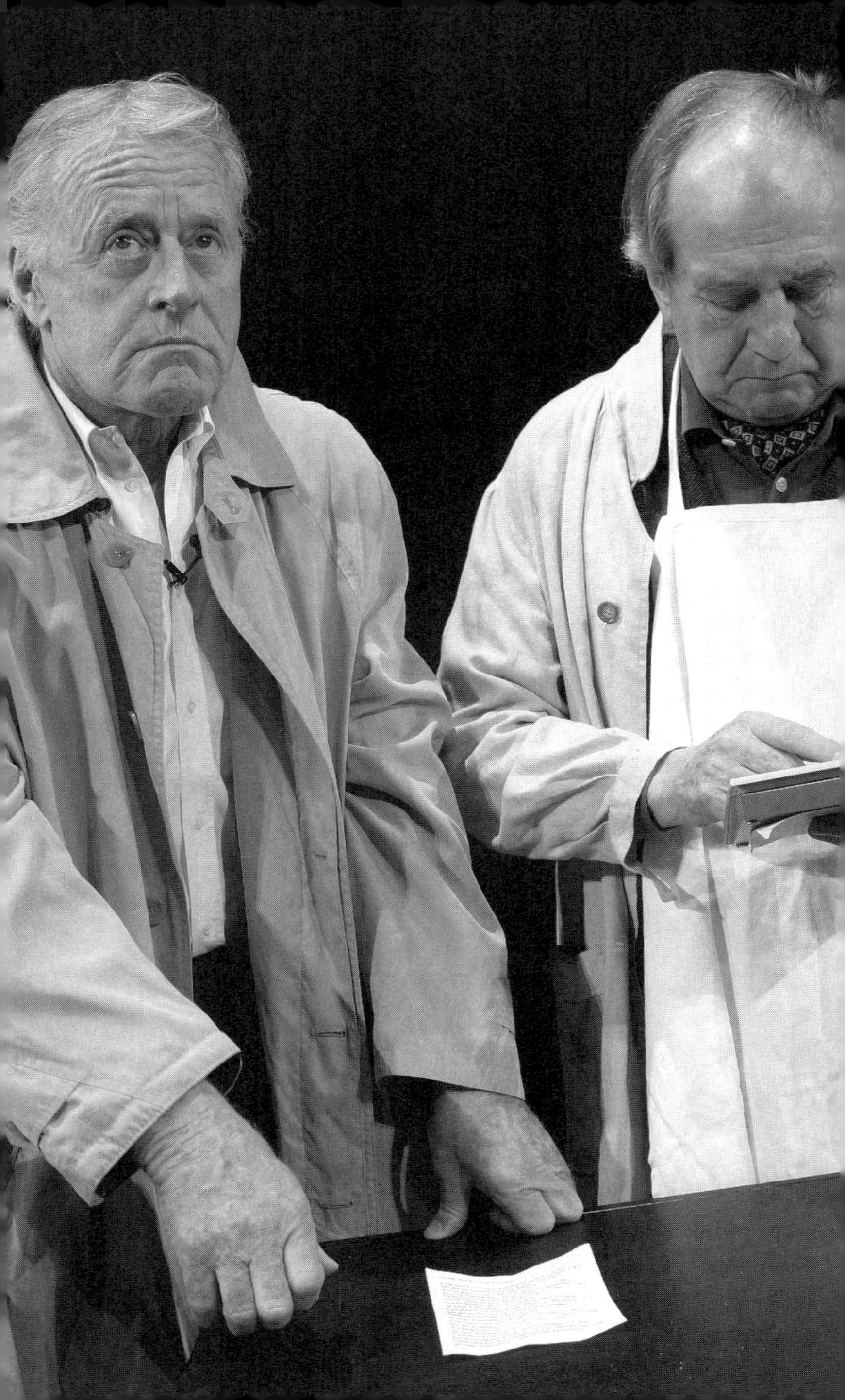

Herr Powondra

Hugo Wiener

An unserer Ecke gibt es einen Greißler (»Krämer«, wie man in Deutschland sagt), wie es viele gab, ehe sie von den Supermärkten verschlungen wurden. Sein Name ist Powondra.

Heute hat er sich modernisiert – er hat einen elektronischen Taschenrechner bekommen; und den probiert er bei seiner ersten Kundschaft aus.

Powondra: Also, Sie zahlen zwei Salatgurken, ein Packerl Kaffee und ein Kilo Äpfel. Ist das alles?

Haberl: Ja.

Powondra: Dann werden wir's gleich elektronisch zusammenrechnen.

Haberl: Was ist denn das?

Powondra: Ein Pocket-Rechner! Ein elektronischer Taschenrechner. Die Summe ist ersichtlich am Playback… und das mit Lichtgeschwindigkeit. Man muss mit der Zeit gehen. Ein Druck auf die Tasten – und die Rechnung ist fertig. Was haben wir g'habt?

Zwei Salatgurken machen 14, ein Kilo Äpfel sind 22,30 und ein Packerl Kaffee sind 27, macht zusammen 142.230 Schilling und 30 Groschen.

Haberl: Das gibt's doch nicht. Da müssen Sie sich geirrt haben. Lassen S' schauen. Natürlich. Da müssen S' nach jedem Posten ein Pluszeichen machen.

Powondra: Das werden wir gleich sehen. Wart',

das lösch' ma jetzt. OFF – das heißt aus. Jetzt muss ich wieder ON… das bedeutet an.

Zwei Salatgurken macht 14…

Haberl: *Plus!*

Powondra: Ja, ja… Ein Kilo Äpfel sind 22,30…

Haberl: *Plus!*

Powondra: Ja! Und ein Packerl Kaffee sind 27.

Haberl: *Jetzt müssen S' die Gleichheitstaste drücken.*

Powondra: Das wollte ich ja, natürlich. Das brauchen Sie mir nicht zu sagen.

Wo ist die Gleichheitstaste?

Haberl: *Die da, mit den zwei Stricherln.*

Powondra: Aha! Sind zusammen… 842.940 Schilling und 30 Groschen.

Haberl: *Das ist ja jetzt noch mehr! Da haben Sie sich geirrt!*

Powondra: Geirrt, geirrt…, wenn Sie immer plus, plus sagen! Da muss man sich ja irren!

Haberl: *Regen S' Ihnen net auf, Herr Powondra. Zeigen Sie mir lieber, wo Sie gedrückt haben.*

Powondra: Da!

Haberl: *Das ist aber nicht das Pluszeichen, das ist das Malzeichen.*

Powondra: Pluszeichen, Malzeichen! Was Sie alles wissen.

Haberl: *Da braucht man nicht viel zu wissen. Das Pluszeichen ist da – und das ist das Malzeichen. Machen Sie's noch einmal.*

Powondra: Wenn man den Rechner aber so hält…

Haberl: *Man hält ihn aber so!*

Für zwei Salatgurken, ein Kilo Äpfel und ein Packerl Kaffee soll ich 842.940 Schilling und 30 Groschen zahlen!

Powondra: Das verlang' ich ja nicht!

Haberl: *Da krieg' ich ja schon eine Eigentumswohnung!*

Powondra: Reden S' doch nicht!

Haberl: *Probieren Sie's einmal mit was anderem. Sag' ma, ich nehm' noch eine Flasche Retzer, zehn Deka von der Wiener Salami und 30 Deka Presswurst. Rechnen S' das zusammen.*

Powondra: Moment. Eine Flasche Retzer macht 49 Schilling, zehn Deka von der Wiener Salami sind neun Schilling 90, und 30 Deka Presswurst sind acht Schilling 40, das macht zusammen – 499.908 Schilling und 40 Groschen.

Haberl: *Das stimmt nicht! Weil Sie das Pluszeichen…*

Powondra: Sie mit Ihrem Pluszeichen! Bitte schön! Machen wir's noch einmal! In Ruhe! In Ruhe! Eine Flasche Retzer macht 49 Schilling…

Haberl: *Plus!*

Powondra: Plus… zehn Deka von der Wiener Salami sind neun Schilling 90 …

Haberl: *Plus!*

Powondra: Anspucken brauchen Sie mich nicht!… und 30 Deka Presswurst sind acht Schilling 40… plus…

Haberl: *Jetzt dürfen S' nicht mehr Plus machen!*

Powondra: Ah, jetzt nicht… und früher ja! Das hab' ich schon gern, wenn jemand nicht weiß, was er will!

Haberl: *Jetzt kommt ja kein neuer Posten dazu. Jetzt müssen S' die Gleichheitstaste drücken.*

Powondra: Das kann ich ja noch immer… ist gleich… 1879 Schilling und 40 Groschen.

Haberl: *Das stimmt nicht.*

Powondra: Das muss stimmen!

Haberl: *Das kann nicht stimmen. Sie haben ja ein Plus zu viel gedrückt.*

Powondra: Einmal zu viel, einmal zu wenig!

Haberl: Schreien S' nicht mit mir, ich schrei' auch nicht. Haben Sie keine Gebrauchsanweisung?

Powondra: Aber ja, da is' sie! Also lesen, lesen, lesen.

Haberl: Na also, da werden wir's ja gleich haben: »Kalkulation mit einer Konstanten. Bei der Bedienung wird die unmittelbar vor dem Niederdrücken der Gleichheitstaste eingegebene Zahl zu einer Konstanten.« Was ist eine Konstante?

Powondra: Was weiß denn ich? Bin ich der Einstein? Was ist eine Konstanze?

Haberl: *Ich weiß es auch nicht. Ich weiß nur, dass ich für zwei Salatgurken, ein Kilo Äpfel und ein Packerl Kaffee keine 842.940 Schilling zahl'! Ich geh'! Ich kann ja im Supermarkt einkaufen.*

Powondra: Gehen Sie, gehen Sie! Gehen S' in den Supermarkt, wenn's Ihnen bei mir zu teuer ist. Himmelfixtausend! (Wirft den elektronischen Taschenrechner mit aller Kraft auf den Steinboden, bückt sich, hebt ihn wieder auf und liest ab:) 67 Schilling und 30 Groschen. Was will er denn, funktioniert eh…

Mein Nachbar in Grinzing

Anton Kuh

Unverändert bleibt durch die Stürme der Zeit:

a) sein schwankendes Verhältnis zu den Weltanschauungen;

b) seine unstete Beziehung zum Hut.

Der Wechsel der beiden, ihre Verschlingung und Durchdringung, das abenteuerliche Widerspiel von Gläubigkeit, Hut in die Stirn, Hut nach rückwärts, Chauvinismus, Atheismus, Hut übers Ohr, als Tischnachbar mit anzusehen, ist ein immer aufregendes Erlebnis.

Sein Hut hängt am Hinterkopf.

»'oppla, 'tschuldigen, san net bös, was? Hier beim Wein, da gibt's nix, ka Religion, kan Volksstamm, a jeder muass ausweichen, na ja, wenn er leben will, muass er ausweichen… wer net ausweicht, muass er net leben… a Platz muass am Tisch sein… da gibt's kan Finnländer, kan kaukasischen Bulgaren, kan slawistischen Romanesen, kein Polischen a net... San Sie romanisch?... Na ja, es is wurscht, was aner is und wer aner is, der Mensch muass an Mensch sein... an Mensch... Wer ka Mensch is, der weicht net aus ...«

Du weichst aus. Er zieht den Hut nach ein paar hin- und herreibenden Bewegungen, als ob ihn sein Hirn unter seinem Dach kitzelte, augenschattend tief in die Stirn, fast über die Nasenwurzel:

»Aber a Votterland muass der Mensch haben, sonst is er a Hund. Wer ka Votterland hat... haben Sie a Votterland? I bin a Tattendorfer, mei Mutter war aus Mähren, sie war a Mährerin... I hab' an Heimatschein... i bin a geborener Siemundachtzger... Ergänzungsbezirkskommando B., Zwaundneunzger... Freiherr von Bugatti...

Battlonskommandant Freiherr von Badlara. Die Sieumundachtzger waren bei die Zweiundneunzger zuteilt…, die Zwarerkompanie bei die Vierundsiebzger…, transferiert zur Dreier-Landwehr…«

Er schiebt den Hut bis zur Stirnmitte, Atem holend zu weiterer Mathematik:

»…A alter Zwaundneunzger-Diener… Sie san a Neunundachtzger… elfter Jahrgang… bei die Sechsunddreißiger…? I bitt' schön, ich bin nämlich siebenundachtzig gebürtig… Die Siebenundachtziger waren alle Zwaundneunzger!«

Sein Hut, jetzt Tschako sitzt kerzengrad' auf dem Schädeldach:

»I hab' a Votterland… weil i a Mensch bin… a Hund hat sei Hütt'n, und der Mensch hat seinen

Ergänzungsbezirk… I kenn kan Unterschied, sterben müssen wir alle, is wahr, müssen wir alle sterben? Obst Jud' bist oder a Christ, oder a mohammedanischer Bosniak… Sie san a Mosaiker? 'tschuldigen, der Jud' is a Österreicher wie a jeder andere a… Wer an Gott glaubt hat, braucht ka Religion…«

Er drückt den Hut übers rechte Aug':

»… gebildeter Mensch? A Doktor, was?… San S' studiert?… I hab' a ang'fangt studier'n… Ladein… geometrische Mineralie… Physikalik… Mademadik… botanische Philosophie… Sie san a Philisoph?… Na, gibt's an Herrgott … Seh'ngs, seh'ngs, nach die mechanischen Gesetze muass' an Herrgott geben, wann's kan Herrgott gibt, scheiß i a auf die propalogische Physik und den ladeinischen Krempel … i scheiß drauf… alles net wohr. Bitte sehr, mei Votter war a gebildeter Mensch, der hot g'lernt g'hobt, mei Votter wor bei die Eisenbahn … Staatsunterbeamter… hat er lernen müassen, hat g'lernt g'hobt Ladein… geometrische Mineralie… i scheiß drauf…«

Er wühlt mit seinem Hut im juckenden Haar:

»An Glauben muass der Mensch haben… einen Goodh, einen Glauben, eine Ehr'… Wo is mei Huat… wer keinen Glauben hat, hat a kan Huat… a jeder g'hört in sei Hütt'n, sonst is er ka Mensch… wer ka Mensch is, weicht net aus… Ausweichen… i geh aufs Häus'l.«

Levkojen

Hugo Wiener

Leibusch: Guten Tag, wie gehen Ihre Geschäfte?

Stransky: *Wie eine Strickerei.*

Leibusch: Wieso?

Stransky: *Eins glatt – zwei verkehrt. Ich war heute schon bei Ihnen, wollte Sie aber nicht stören, weil Sie grad' auf der Schreibmaschine getippt haben.*

Leibusch: Ich? Ich hab' die Maschine heute noch nicht angerührt.

Stransky: *Ich hab' doch das Klappern gehört…*

Leibusch: Das waren meine Zähne. Ein Herr vom Finanzamt hat meine Bücher geprüft. Was wollten Sie bei mir?

Stransky: *Mein Chef hat mich geschickt. Er hat doch seinerzeit durch meine Vermittlung ein Auto bei Ihnen gekauft, und Sie haben ihm damals gesagt, dass Sie alle gebrochenen Teile ersetzen…*

Leibusch: Ja. Was braucht er?

Stransky: *Eine Nase, ein Schulterblatt und einen Vorderzahn. Er hat einen Unfall gehabt.*

Leibusch: Schrecklich!

Stransky: *Mein Chef ist zwar versichert…*

Leibusch: Ein Glück!

Stransky: *Ja, aber nur gegen Hagel und Feuer. Was machen Sie immer, Herr Leibusch?*

Leibusch: Ich werde bald meine Koffer packen. Ich fahre im Sommer, wie jedes Jahr, zu meiner Tochter nach London.

Stransky: Ist das eigentlich eine schöne Stadt?

Leibusch: London?
Die schönste Stadt der Welt! In der Früh wachen Sie auf – hören Sie schon die Vögel husten. Was machen Sie heuer im Sommer?

Stransky: Ich? Eine Städtereise.

Leibusch: Eine Städtereise?

Stransky: Ja. Leopoldstadt – Josefstadt – Heiligenstadt.

Leibusch: So was Blödes. Was macht eigentlich Ihre Frau?

Stransky: Die ist unter die Erfinder gegangen. Die hat eine äußerst zähe und widerstandsfähige Masse erfunden.

Leibusch: Hat sie lang daran herumexperimentiert?

Stransky: Überhaupt nicht. Palatschinken hat s' machen wollen.

Leibusch: Da war ich gescheit! Ich hab' meine, bevor wir geheiratet haben, auf die Kochschule geschickt. Der Mensch kann nie genug lernen. Ich zum Beispiel hab' jetzt erst einen Kurs für erste Hilfe absolviert.

Stransky: *Wunderbar! Da können Sie mir gleich 50 Schilling borgen!*

Leibusch: Nicht so erste Hilfe! Wenn jemand in Gefahr ist!

Stransky: *Ich bin in Gefahr, gepfändet zu werden…*

Leibusch: Sie sind mir doch noch die 100 Schilling vom vorigen Jahr schuldig.

Stransky: *Ich hab' aber gleich g'sagt, dass ich stottern werd'…*

Leibusch: Stottern ist gut! Sie haben doch die Sprach' verloren! Glauben Sie, dass ich mit meinem Geld herumspringen kann, wie ich will? Ich muss doch meiner Frau Rechnung legen.

Stransky: *Ist sie eine Hantige?*

Leibusch: Ja. Ich bin aber sehr glücklich mit ihr. Sie gebar mir einen Jungen.

Stransky: *Was hat s' g'macht?*

Leibusch: Einen Jungen gebar sie mir.

Stransky: *Was heißt das?*

Leibusch: (gereizt:) Was heißt das! Einen Buben hat sie mir geschenkt!

Stransky: *»Gebar« heißt »geschenkt«?*

Leibusch: Ja!

Stransky: *Das hab' i gar net g'wusst! (Denkt nach, spricht dann ebenso geziert wie vorhin Leibusch:) Vorgestern hatte ich Geburtstag.*

Leibusch: Und?

Stransky: *Meine Schwiegermutter gebar mir einen Dackel.*

Leibusch: So etwas Blödes! Da können Sie nicht »gebar« sagen! »Gebar« heißt doch nur in gewissem Sinne »geschenkt«!

Stransky: *Ah so?*

Leibusch: (wütend:) Ja!

Stransky: *Wie soll ich denn das wissen?*

Leibusch: Sie brauchen es nicht zu wissen! Reden wir von etwas anderem! Wie gefällt es Ihnen in Ihrer neuen Wohnung?

Stransky: *Waren Sie noch nicht bei uns?*

Leibusch: Nein.

Stransky: *Gebären Sie uns doch einmal das Vergnügen.*

Leibusch: Sagen Sie, sind Sie von Beruf blöd oder sind Sie ein Amateurtrottel?!

Stransky: *Nett ist das nicht.*

Leibusch: Da müssen Sie »Schenken Sie uns das Vergnügen!« sagen.

Stransky: Ah so?

Leibusch: (wütend:) Sagen Sie nicht immer »Ah so«! Das macht mich nervös!

Stransky: Ah so? Dann schenken Sie uns halt das Vergnügen. Obwohl es gar nicht so ein Vergnügen ist. 20 Menschen in drei Räumen …

Leibusch: Wieso 20?

Stransky: Die Handwerker wollen nicht weggehen, bevor sie nicht ihr Geld bekommen haben. Aber schön haben wir's schon! In der Küche hab' ich meine Bienenzucht…

Leibusch: Sie haben eine Bienenzucht?

Stransky: Und was für eine! Ich bin sehr zufrieden mit meinen Bienlein.

Leibusch: Geben sie viel Honig?

Stransky: Das nicht, aber meine Schwiegermutter haben sie schon siebenmal gestochen.

Leibusch: (freudig erstaunt:) Ah so?

Stransky: Jetzt haben Sie »Ah so!« g'sagt!

Leibusch: Weil ich gar nicht gewusst hab', dass Ihre Schwiegermutter bei Ihnen wohnt …

Stransky: (missmutig:) Und wie sie wohnt! Ich kann sie nicht leiden.

Leibusch: Das dürfen Sie nicht sagen, Herr Stransky. Wenn Ihre Schwiegermutter nicht wäre, hätten Sie doch Ihre Frau nicht.

Stransky: Deshalb kann ich sie ja nicht leiden. Dazu hat sie morgen Geburtstag, und ich weiß nicht, was ich ihr kaufen soll.

Leibusch: Kaufen Sie ihr etwas Elektrisches. Ein elektrisches Bügeleisen… einen elektrischen Herd…

Stransky: Einen elektrischen Stuhl… Warum muss es grad' was Elektrisches sein?

Leibusch: Weil die Elektrizität im modernen Haushalt eine wichtige Rolle spielt.

Stransky: *Ah so?*

Leibusch: Stellen Sie sich unsere Wohnungen vor, wie die aussehen würden, wenn Edison nicht das elektrische Licht erfunden hätte.

Stransky: *Finster.*

Leibusch: Sehr finster sogar.

Stransky : *Dabei würde uns das ganze elektrische Licht von dem Edison nichts nützen, wenn nicht ein anderer den Schalter erfunden hätte. Da hätten wir das Licht g'habt und hätten's nicht aufdrehen können.*

Leibusch: Und so etwas verbraucht Sauerstoff!

Stransky: *Nett ist das nicht.*

Leibusch: Ich glaube, dass Sie keine Ahnung von dem Wesen der Elektrizität haben.

Stransky: *Wenn Sie das glauben, Herr Leibusch – sagen Sie's mir's!*

Leibusch: Die Elektrizität…

Stransky: *Sagen Sie's mir's!*

Leibusch: (wütend:) Sagen Sie nicht immer: »Sagen Sie's mir's!« Das heißt: »Sagen Sie es mir!«

Stransky: *Ah so?*

Leibusch: (Hält sich nervös den Kopf.) Sie sagen schon wieder »Ah so«! (Zwingt sich zur Ruhe.) Ich werde Ihnen an einem einfachen Beispiel erklären, was Elektrizität ist.

Stransky: Sagen Sie's mir's!

Leibusch: (wieder in Wut kommend:) Sagen Sie's mir's! Sagen Sie's mir's!!!

Stransky: Sagen Sie's mir's es!

Leibusch: (wieder ruhiger:) Passen Sie auf: Waren Sie schon einmal mit einer Katz' in einem finsteren Zimmer?

Stransky: Vor meiner Ehe.

Leibusch: (wütend, mit zusammengebissenen Zähnen:) Ich meine doch mit einer vierbeinigen!

Stransky: Ah, das schon! Warum? Sagen Sie's mir's es!

Leibusch: Nehmen wir an, Sie sind mit einer Katze in einem finsteren Zimmer und streichen ihr gegen das Fell. Was springt Ihnen ins Gesicht?

Stransky: Die Katz'.

Leibusch: (wütend:) Der Funke springt Ihnen ins Gesicht! Der Funke!

Stransky: Und das hat der Edison erfunden?

Leibusch: Nein!!! Der Edison hat das Licht erfunden!!! Das Licht!!! Wenn Sie so lang wären, wie Sie blöd sind, müssten Sie auf einen Sessel steigen, wenn Sie sich am Kopf kratzen wollen!

Stransky: Nett ist das nicht.

Leibusch: Sie sollten sich bilden! Sollten Vorträge besuchen! Heute ist einer in der Urania! Über die Anziehungskraft der Körper!

Stransky: Was ist das wieder Ordinäres?

Leibusch: (wütend:) Das ist gar nichts Ordinäres! Wissen Sie nicht, dass ein Körper den andern anzieht, Sie Pferd?

Stransky: Nett ist das nicht.

Leibusch: Wenn die Sonne zum Beispiel sechsmal so groß wäre wie die Erde, würde sie die Erde sechsmal so stark anziehen und die Erde würde sie sechsmal so stark abstoßen. Ein großer Körper zieht einen kleinen an – ein kleiner Körper stoßt einen großen ab!

Stransky: Ah so?

Leibusch: Ja!!

Stransky: Ich hab' aber gestern am Stephansplatz einen kleinen Körper gesehen – der hat mich gar nicht abgestoßen…

Leibusch: Sagen Sie – an welcher Universität haben Sie studiert?

Stransky:	*An gar keiner. Was ich weiß, schulde ich meiner Mutter.*
Leibusch:	Dann schicken Sie ihr zwei Schilling fünfzig – dann sind Sie ihr nichts mehr schuldig.
Stransky:	*Nett ist das nicht. Sagen Sie's mir's, wenn ich etwas nicht verstehe! Und eigentlich wollte ich ja nur wissen, was ich meiner Schwiegermutter zum Geburtstag kaufen soll. Ich werde Sie aber nicht länger damit belästigen – ich kaufe ihr Nelken.*
Leibusch:	Nelken! Wer kauft einer Schwiegermutter Nelken! Wenn man einer Schwiegermutter schon Blumen zum Geburtstag kauft,

kauft man ihr ausgefallene Blumen…
zum Beispiel Levkojen.

Stransky: *Lev – was?*

Leibusch: Levkojen!

Stransky: *Das merk' ich mir nicht.*

Leibusch: (Fasst Stransky in äußerster Wut bei einem Knopf seines Sakkos.) Dann sagen Sie sich's vor! Levkojen! Levkojen!!! (Reißt ihm den Knopf ab.)

Stransky: *Jetzt haben Sie mir ein' Knopf abgerissen…*

Leibusch: Entschuldigen Sie …

Stransky:	*Bitte, bitte. Aber wie merken Sie sich solche ausgefallenen Sachen?*
Leibusch:	Durch die Mnemotechnik. Ich denke an etwas anderes, und dabei fällt mir das Richtige ein.
Stransky:	*Das versteh' ich nicht. Sagen Sie's mir's es.*
Leibusch:	Nehmen wir zum Beispiel an, Sie wollen sich merken, dass Sie einen gewissen Schwarz anrufen sollen. Was machen Sie da?
Stransky:	*Ich schreib mir's auf.*
Leibusch:	Wenn Sie aber keinen Bleistift und kein Papier bei der Hand haben…

Stransky: *Dann vergess' ich's.*

Leibusch: Wenn Sie es aber nicht vergessen wollen – woran denken Sie da?

Stransky: *Sagen Sie's mir's.*

Leibusch: An einen Urwald.

Stransky: *Warum an einen Urwald?*

Leibusch: Weil im Urwald Schwarze wohnen – und die sind schwarz und da haben Sie schon den Schwarz.

Stransky: *Das ist sehr gut!*

Leibusch: Jetzt kommen wir zu Ihrer Schwiegermutter. Fangen wir ganz leicht an. Nehmen wir an, Sie wollen Ihrer Schwiegermutter eine Flasche Rheinwein kaufen und können sich das Wort nicht merken – was werden Sie tun?

Stransky: *Ich kauf' ihr einen Gumpoldskirchner.*

Leibusch: Nein!! Sie werden an schmutziges Wasser denken! Bei dem Wort »schmutzig« wird Ihnen das Wort »rein« einfallen und bei Wasser »Wein«!

Stransky: *Das ist wahr.*

Leibusch: Was werden Sie also Ihrer Schwiegermutter zum Geburtstag bringen?

Stransky: *Schmutziges Wasser.*

Leibusch: Nein!!!

Stransky: Rheinwein.

Leibusch: (wütend:) Nein!!! Levkojen werden Sie ihr bringen! Levkojen!! Levkojen!! Levkojen!! (Hat ihm wieder einen Knopf abgedreht.)

Stransky: Schon wieder ein Knopf…

Leibusch: Lassen Sie die Knöpfe, die kann man später annähen! Trachten Sie vor allem einmal, sich die Silbe »Lev« zu merken! Wie merkt man sich »Lev«?

Stransky: (verschüchtert:) Na? Wie merkt man sich's?

Leibusch: Sie kennen doch den Schneider in meinem Haus – den mit den großen Zähnen. Was fällt Ihnen ein, wenn Sie an ihn denken?

Stransky: Dass er mir neulich gesagt hat, dass Sie ihm noch 500 Schilling schuldig sind.

Leibusch: Das ist nicht wichtig!

Stransky: Ihm schon.

Leibusch: (wütend:) Der Name ist wichtig! Der Name!! Wie heißt der Schneider? Wie heißt er??? (Hat ihm wieder einen Knopf abgedreht.)

Stransky: (weinerlich:) Wieder ein Knopf…

Leibusch: Na???

Stransky: Löw…

Leibusch: Sehr richtig! Löw – »Lev« – das ist nicht schwer! Da haben Sie schon die erste Silbe.

Stransky: Das ist wahr!

Leibusch: Die zweite Silbe »koj« merken Sie sich am besten, wenn Sie an einen Boy denken. Boy – »koj« ist ein Kinderspiel.

Stransky: Eine Lächerlichkeit. Wie soll mir aber der Boy einfallen?

Leibusch: Da denken Sie am besten an einen Fahrstuhl. Fast in jedem Hotelfahrstuhl ist ein Boy.

Stransky: Stimmt.

Leibusch: Wie heißen also die Blumen?

Stransky: Lassen S' mich nachdenken… (Ruft sich noch einmal alles ins Gedächtnis zurück, dann stolz:) Liftrosen.

Leibusch: (wütend:) Wieso Liftrosen? Wieso Liftrosen? (Dreht ihm wieder einen Knopf ab.)

Stransky: (weinend:) Wieder ein Knopf…

Leibusch: Lassen Sie die dummen Knöpfe und sagen Sie mir, wie Sie auf Liftrosen kommen!!!

Stransky: Sie haben gesagt, ich soll an einen Boy denken, da wird mir der Lift einfallen – und der Schneider in meinem Haus heißt Rosen.

Leibusch: (außer sich:) Ich habe nicht gesagt, der Schneider in Ihrem Haus – ich hab' gesagt, der Schneider in meinem Haus!! Der Löw! Was fällt Ihnen ein, wenn Sie an den Löw denken?

Stransky: Der Urwald. Im Urwald sind Löwen, die fressen die Schwarzen – ich muss den Schwarz anrufen! (Will fort.)

Leibusch: Bleiben Sie!! Sie kennen doch gar keinen Schwarz!

Stransky: Warum soll ich ihn dann anrufen?

Leibusch: Sie sollen ihn ja gar nicht anrufen! Die Blumen sollen Sie sich merken! Deshalb sollen Sie an den Löw mit den großen Zähnen denken! Wie heißen also die Blumen?

Stransky: Löwenzähne.

Leibusch: Levkojen heißen sie! Levkojen!! (Dreht ihm wieder einen Knopf ab.)

Stransky: (weint:) Wieder ein Knopf... Löw – »Lev« – das merk' ich mir...

Leibusch: Dann kommt »koj«! Wenn Sie zu dumm sind, sich statt »koj« Boy zu merken, denken Sie nicht mehr an den Boy, denken Sie an den Boyer! Das ist der Apotheker, bei dem Sie das Natron kaufen! Sie spielen doch immer mit seinem Hund! Denken Sie an den Hund!

Stransky: Wie soll mir aber der Hund einfallen?

Leibusch: Denken Sie an ein anderes Tier, und Sie werden auf den Hund kommen! Denken Sie an die alte Gans, an der Sie sich einmal den Magen verdorben haben! Sie reden doch immer noch davon!

Stransky: Das ist eine gute Idee…

Leibusch: Gott sei Dank! Was fällt Ihnen also ein, wenn Sie an die alte Gans denken?

Stransky: *Meine Schwiegermutter und ihr Geburtstag.*

Leibusch: (Macht eine langsame drohende Bewegung, als ob er ihn erwürgen wollte.)

Stransky: *(Reißt selbst den letzten Knopf seines Sakkos ab und reicht ihn Leibusch.) Darf ich Ihnen etwas sagen?*

Leibusch: Ja.

Stransky: *Wenn Sie schon sehen, dass ich mir das Wort nicht merken kann, warum schreiben Sie's mir's nicht auf?*

Leibusch: Gut. Ich werde Ihnen diktieren! Schreiben Sie: L… E… oder schreiben Sie lieber Umlaut A… F… oder V? Schreiben Sie W… ich werde Ihnen etwas sagen: Kaufen Sie Ihrer Schwiegermutter doch lieber Nelken!

Stransky: Nelken? Wer kauft einer Schwiegermutter Nelken?

Leibusch: Was denn wollen Sie ihr kaufen?

Stransky: (ganz selbstverständlich:) Levkojen!!

fahrschule

Die Fahrstunde

Willy Pribil

Fahrschüler: Wissen Sie, Herr Fahrlehrer, die Theorie, die macht mich ja fertig, aber wenn ich einmal fahr'…

Fahrlehrer: Moment, Moment, zuerst muss ich Sie einmal mit dem Wagen ein bisschen vertraut machen. Also bitte, wie steigen Sie in den Wagen?

Fahrschüler: Na ja, ich steig' ein, nicht?

Fahrlehrer: Falsch, da sehe ich schwarz.

Fahrschüler: Na ja, ich sperr' auf.

Fahrlehrer: Falsch.

Fahrschüler: Mach' die Tür auf.

Fahrlehrer: *Falsch, da sehe ich schwarz.*

Fahrschüler: Ich such' den Schlüssel.

Fahrlehrer: *Falsch.*

Fahrschüler: Na wie besteige ich den Wagen?

Fahrlehrer: *Nüchtern!*

Fahrschüler: Oje, da sehe ich schwarz. Aber wenn ich einmal fahr'..., ich mein', ich fahr' ja besser, wenn ich ein wenig...

Fahrlehrer: *Moment, Moment, kommen Sie her, sei'n Sie ruhig, ja. So etwas will ich nicht gehört haben. Also, wie steigen Sie ein?*

Fahrschüler: Na wie steig' ich ein?

Fahrlehrer: Ich werde Ihnen das erklären. Sie heben den rechten Oberschenkel in 45 Grad…

Fahrschüler: So?

Fahrlehrer: …So ja. Gehen mit dem anderen Fuß in die Hocke…

Fahrschüler: Kein Problem.

Fahrlehrer: …Beugen den Kopf in der Höhe des zweiten Nackenwirbels…

Fahrschüler: Ja.

Fahrlehrer: …Ziehen die Schulterblätter zusammen…

Fahrschüler: Na servas, herst'. Da schau' ich ja aus wie der Quasi Modo.

Fahrlehrer: ... Und verlagern das Gewicht nach rechts.

Fahrschüler: So, wart', so.

Fahrlehrer: Na sind Sie wahnsinnig geworden?

Fahrschüler: Das ist ja kein Kurs. Oje, oje, da sehe ich schwarz.

Fahrlehrer: Steigen Sie ein.

Fahrschüler: Ja, gehen wir's an.

Fahrlehrer: Nicht hier, wo ist die Tür?

Fahrschüler: Bin schon drin, herst'.

Fahrlehrer: *Also, Frage: Was befindet sich im Handschuhfach?*

Fahrschüler: Handschuhe.

Fahrlehrer: *Schon falsch. A: Notverband.*

Fahrschüler: Nur a Notverband? Wenn ich blute wie eine…

Fahrlehrer: *B: Die Papiere. Welche?*

Fahrschüler: Die Notpapiere.

Fahrlehrer: *Falsch. Die Karten.*

Fahrschüler: Na ich spiel' nicht während der Fahrt.

Fahrlehrer: *Aber.*

Fahrschüler: Ich spiel' nicht während der Fahrt! Beim Mischen bin ich schon im nächsten Baum.

Fahrlehrer: Aber, die Straßenkarten.

Fahrschüler: Ach so.

Fahrlehrer: Was kann noch im Handschuhfach sein?

Fahrschüler: Das weiß ich nicht.

Fahrlehrer: Die Handschuhe.

Fahrschüler: Na jetzt auf einmal, geh' hören Sie auf, herst', wie können die Handschuhe…

Fahrlehrer: Lang' halt' ich das nicht aus.

Fahrschüler: So.

Fahrlehrer: *Nennen Sie mir den § 1 der Straßenverkehrsordnung!*

Fahrschüler: Also. Jedes Fahrzeug… ja… hat den Lenker dermaßen im Auge zu behalten, dass derselbe jederzeit die Bremsen bei Gefahr im Kopf hat, oder so ähnlich…

Fahrlehrer: *Na da werden wir Jahre brauchen… Nehmen Sie an, da kommt eine Kreuzung, nehmen Sie an auf dieser Kreuzung…*

Fahrschüler: Ja.

Fahrlehrer: *…auf dieser Kreuzung…*

Fahrschüler: Ja.

Fahrlehrer: *…kommen von verschiedener Richtung, drei bevorrechtete Fahrzeuge, die Rettung, die Feuerwehr und…*

Fahrschüler: Ja.

Fahrlehrer: *…die Polizei. Wer hat den Vorrang?*

Fahrschüler: Der Schnellere.

Fahrlehrer: *Falsch, die Rettung, Sie Trottel. Und dann?*

Fahrschüler: Die Feuerwehr, Sie Trottel.

Fahrlehrer: ABER!

Fahrschüler: Gleich und gleich…

Fahrlehrer: Was machen Sie,…

Fahrschüler: Ja.

Fahrlehrer: …wenn Sie plötzlich bemerken, dass Sie einen Vergaserbrand haben?

Fahrschüler: Na ich lenke mein Fahrzeug an den Fahrbahnrand und steige aus…

Fahrlehrer: Ja.

Fahrschüler: …und renne wie der Teufel zurück zu dieser Ihrener Kreuzung, wo Ihrene drei bevorrechtigten Fahrzeuge noch immer warten und fisch' mir die Feuerwehr ausse. Schlecht?

Fahrlehrer: *Nehmen wir einmal an, Sie kommen auf eine weitere Kreuzung, was machen Sie, wenn Sie bei einem Fußgängerübergang einmal zu spät gebremst haben und Sie kommen auf den Zebrastreifen zum Stehen?*

Fahrschüler: Ich öffne alle Türen meines Fahrzeuges.

Fahrlehrer: *Ja.*

Fahrschüler: Damit die Passanten ungehindert durchgehen können.

Fahrlehrer: *Ja, Sie sind ein Witzbold. Sehen Sie die Dame, die da fährt?*

Fahrschüler: Ja, ich sehe sie.

Fahrlehrer: *Sie hat die linke Hand herausgestreckt, warum?*

Fahrschüler: Sie grüßt einen Bekannten.

Fahrlehrer: *Oje, wenn die Dame die linke Hand aus dem Fenster streckt, so heißt das?*

Fahrschüler: Sie will, dass der Nagellack trocknet.

Fahrlehrer: *Falsch.*

Fahrschüler: Sie droht einem Passanten. Sie will ihm eine schmieren.

Fahrlehrer: *Falsch.*

Fahrschüler: Sie schaut, ob es regnet, vielleicht.

Fahrlehrer: Falsch.

Fahrschüler: Was weiß ich, was die Funsen will?

Fahrlehrer: Sie will links abbiegen.

Fahrschüler: Na Sie sind ein Tüftler, herst'. Na wirklich, so eine schikanöse Prüfung hab' ich schon gelernt.

Fahrlehrer: Passen Sie einmal auf. Nennen Sie mir § 1 der Straßenverkehrsordnung.

Fahrschüler: Also. Jedes Fahrzeug hat den Lenker dermaßen im Auge zu behalten, dass derselbe jederzeit die Bremsen bei Gefahr im Kopf hat, oder so ähnlich.

Fahrlehrer: *Da werden wir Jahre brauchen… Letzte Frage, eine Intelligenzfrage.*

Fahrschüler: Einmal was ganz anderes.

Fahrlehrer: *Nehmen wir einmal an, angenommen Sie sind mit Ihrem Fahrzeug 100 km gefahren.*

Fahrschüler: Ja?

Fahrlehrer: *Plötzlich merken Sie, Sie haben Ihren Zündschlüssel zu Hause vergessen, was machen Sie?*

Fahrschüler: Den Zündschlüssel?

Fahrlehrer: *Den Zündschlüssel… Nach 100 km fahren.*

Fahrschüler: Ich blinke rechts,…

Fahrlehrer: *Ja?*

Fahrschüler: …dann lenke ich nach rechts und fahre mit einem Blick in den Rückspiegel, immer unter Beobachtung des Vorbeifluters, mit meinem Fahrzeug an den rechten Fahrbahnrand.

Fahrlehrer: *Das ist sehr brav.*

Fahrschüler: Halte an, steige unter größter Vorsicht aus,…

Fahrlehrer: *Ja, ausgezeichnet.*

Fahrschüler: …indem ich vorbeifahrende Fahrzeuge nicht zu behindern drohe, gehe unter äußerster Aufmerksamkeit an das Heck meines Fahrzeuges und schaue nach, welcher Trottel mich 100 km weit geschoben hat.

fahrschule
NON STOP

Der größte Feind der Menschheit

Stefan Lukschy/Otto Schenk

Es gibt sehr viele Wohltätigkeitsvereine, Frauenvereine, etc. sprich Menschen, die freiwillig und sehr engagiert gegen Laster aller Art ankämpfen.

Sie alle haben das gemeinsame Ziel, diese Suchtmittel zu bekämpfen, egal ob es sich um Tabak, Alkohol oder Ähnliches handelt.

Jetzt gibt es auch einen Verein zur Bekämpfung des Volksfeindes Nr. 1, dem Alkohol. Wir haben Herrn Universitätsprofessor Dozent Dr. Heribert Weinstein, den engagierten Präsidenten der internationalen Anti-Alkoholiker, eingeladen, ein unermüdlicher Aufklärer, der nun – vor Ihren Augen – vorführen wird, wie sich der Alkohol auf uns auswirkt. Wir müssen ihm an dieser Stelle sehr dankbar sein. Hochverehrtes Publikum, ich darf Sie nun um Ihren Applaus bitten. Bitte sehr, Herr Professor!

(Professor tritt ans Rednerpult.)

Meine sehr verehrten Damen und Herren, unter allen Feinden der Menschheit…

Bravo!

…gibt es einen, der vielleicht der tückischste ist, weil er seine Opfer hinterrücks erwischt, weil seine Opfer eine Unzahl von unschuldigen Menschen sind, weil er Verführer aus der Erde stampfen lässt…

Sehr gut, sehr gut!

…weil er auch… ich möchte gleich zum Beginn meines Vortrages kommen. Liebe »Feinde des Alkohols«! Kennen wir diesen Feind der Menschheit so genau, wir »Feinde des Alkohols«? Wissen wir, wie dieses Gift den Körper bis in die letzten Fasern zersetzt, schauen wir ihm ins Auge täglich, wir »Feinde des Alkohols«? Nein, wir haben keine Ahnung.

Und darum hab' ich mich zu einem Experiment entschlossen! Ich will hier… obwohl ich davor gewarnt wurde… obwohl dieses Experiment nicht ungefährlich ist… habe ich mich zu diesem Experiment entschlossen (greift zu Wodkaflasche und Glas) und möchte Ihnen die langsame oder auch schnelle Wirkung dieses Giftes vor Augen führen, am eigenen, unschuldigen, jungfräulichen Körper! (Schenkt ein, trinkt ein Glas.)

Applaus.

Meine…ssss… (schenkt ein, trinkt ein Glas) sehr geehrten Damen und Herren, der Alkohol, es handelt sich hier um Wodka Stolichnaya, der Alkohol wirkt erstaunlich… (Trinkt noch ein Glas.)

Da fällt mir ein kleiner Scherz ein… Der Breschnew… nein ein Schwimmer, ein Nichtschwimmer und ein Antialkoholiker sitzen in einem… (Lacht.) Ein guter Witz… sitzen in einem Nichtraucherabteil zusammen… wie's weiter geht, weiß ich im Moment nicht… (Trinkt noch ein Glas.) Ich hole anders ein, ich lasse einen anderen Witz fahren… (Trinkt ein Glas.) Der Breschnew und der Chruschtschow (trinkt noch ein Glas) sitzen zusammen mit einem Nichtschwimmer… irgendwie habe ich da zwei verwechselt….

Kommen wir in den Kern des Punktes zusammen… Schon Goethe, der Johann Wolfgard hat mit seinem… gegen den Alkohol… mit der Faust, ein Faust (schlägt mit der Faust auf das Pult), zwei

Fäuste hat er geschrieben… den ersten Faust… hat er auf den Tisch gehauen… Schiller! Sein Busen, der Busen des Goethe hieß Schiller, er hat gesagt… und ich weiß es noch… er hat alles an eine Glocke… (trinkt noch ein Glas) eine große Glocke gehangen, und wie heißt es… wie sagte schon Julian Cäsar… sagte schon, die besten Ideen habe ich im März gehabt… religiös…

Ja der Stolichnaya… ja der Breschnew… geht im Bademantel… in ein Nichtraucher… ich sage Ihnen eines… der Luther hat gesagt: Hier steht er und ich kann nicht anders… und danach sag' ich… (Trinkt noch ein Glas.) Eins sag' ich euch… schlecht ist das nicht… das könnte eine Art Hobby… Hobbydobbydobby… Krüg'l auffe, Krüg'l ob, dann eine ins Mäul… so sagt schon mein alter Schuster… (Trinkt noch ein Glas.)

Der Schuster Böhme… ein alter Böhme… ein Freund… ich sage eines, meine Damen und Herren… und damit möchte ich diese Flasche… Flaschen, das seids ihr alle… Flaschen, jede Flasche hat ein Loch… ihr Löcher… (Trinkt aus der Flasche.)

Ich bin ein anderer Mensch, das kann ich Ihnen sagen… es wird… (Singt:) Es wird ein Wein sein und werden nimmer sein… jetzt habe ich zwei Flaschen… nein, und vier Gläser… (Singt laut:) Ich bin a stiller Zecher und sing' die ganze Nacht!

Der Transport

Ernst Hagen

Ein Mann betritt den Frachtenbahnhof und nähert sich dem Schalter für Sondertransporte.

Hechler: *Guten Tag*

Beamter: *Moment (stempelt) bitte!*

Hechler: Guten Tag.

Beamter: *Was gibt's?*

Hechler: Bitte, ich möchte eine Auskunft.

Beamter: *In der Bahnhofshalle Schalter III.*

Hechler: Bitte, es handelt sich um ein Frachtgut.

Beamter:	*(Gibt ihm ein Formular.) Bitte ausfüllen und mit dem Frachtgut zur Abwaage herkommen.*
Hechler:	Oje, na ja. Zur Abwaage. Auch bei Tieren?
Beamter:	*Wieso?*
Hechler:	Frage: Übernehmen Sie auch Tiertransporte?
Beamter:	*Warum denn nicht, mein lieber Herr, wir übernehmen jedwede Tiertransporte – sei's ein Hund, Katzen, Kleintiere, Rennpferde, Rind, Zuchtstiere, etc. Um was handelt es sich?*

Hechler: Um den Hansi. Er soll in die Steiermark, Roseggers Waldheimat, in die Höhe halt, wegen der frischen Luft. Ich habe ihn gewonnen bei einer Tiertombola.

Beamter: Wir haben eigene genormte Käfige, wo sich die Tiere sehr wohl fühlen, zumindest hab' ich seitens der Tiere noch keinerlei Klagen laut werden hören.

Hechler: Käfig wird schwer sein, beim Hansi.

Beamter: So nehmen S' ihn auf den Schoß in einem durchlöcherten Karton.

Hechler: Den Hansi! Na servas.

Beamter: Was is denn das für ein Vogel, Ihr ominöser Hansi?

Hechler: Ein Vogel ist der Hansi im eigentlichen Sinne nicht. Wollen Sie ihn sehen?

Beamter: Wo ist er denn?

Hechler: Vor der Tür steht er.

(Beamter geht mit Hechler ans Fenster. Gesichter groß von unten nach oben langsam emporschauend; in Giraffenkopfhöhe bleibt der Blick der beiden ausdruckslos verharrend.)

Beamter: (Hinaufschauend, leise:) Das ist der Hansi?

Hechler: Ja, das ist der Hansi.

Beamter: Ein Giraff'? Der kommt Ihnen aber net billig, der Transport. Er braucht einen Waggon. Was wiegt er denn?

Hechler: Er hat ein normales Giraffengewicht.

Beamter: Hm, glauben S', er steigt uns auf eine Waage?

Hechler: Wenn's ihn freut, tut er vieles. Brav sein, schön brav Platz, Hansi!

Beamter: (Sucht in den Akten:) Pferdetransporte, Rinderwaggons, Raubtierwaggons.

Hechler: Der Hansi ist kein Raubtier. Er frisst mir aus der Hand. Wenn ich eine Leiter mit hab'…

Beamter: (Nachdenkend:) In den 17A-Typ kriegen wir ihn vielleicht hinein. Aber nur schräg. Wie schläft er denn?

Hechler: Gut, sehr gut!

Beamter:	*Was heißt gut? Stehend oder liegend?*
Hechler:	Schon stehend.
Beamter:	*Oje... Ich hab's. Ein 28er Tieflader, der offene, der ist ideal für Giraffentiere.*
Hechler:	Der offene?
Beamter:	*Freilich. Der 28er Tieflader. Bitte die Formulare ausfüllen, in dreifacher Ausführung.*
Hechler:	(Nimmt die Formulare. Plötzlich:) Halt!
Beamter:	*Was gibt's denn?*
Hechler:	Die Tunnel! Der Hansi, wenn er bei den Tunneln nicht aufpasst. Ich darf gar nicht daran denken.

Beamter: *Sie haben recht, da kann ja der ganze Zug hängen bleiben.*

Da gibt's nur eins. Sie fahren mit. Ein weiches Zaumzeug, ein Strick um den Hals vom Hansi und bei jedem Tunnel, es wird ja bekanntlich durch einen Pfeifton vorher angekündigt, ziehen Sie den Kopf des Hansis an sich und lassen denselben bei Verlassen des Tunnels in die natürliche Lage zurückschnalzen.

Hechler: Der Hansi wird a Freud haben. Im offenen Wagen, wenn er sich verkühlt. Eine Halsentzündung. Bis die auskuriert ist, bei dem Hals.

Beamter:	*Müssen S' halt Ihren Hansi warm anziehen und seinen Hals in einem warmen Schal einwickeln.*
Hechler:	(Gibt die Formulare zurück.) Also, auf Wiedersehen in sechs Wochen
Beamter:	*Wie, in sechs Wochen?*
Hechler:	Na ja, so lange braucht die Anna-Tante mindestens, bis sie dem Hansi den Schal gestrickt hat.

Auf den Flügeln des Gesanges

Paul Kiralyhegyi/Georg Kövary

Spielt im Unterrichtszimmer des Gesangsprofessors. Der Professor, ein typischer Kammersänger, singt sich ein. Es klopft an der Tür.

Professor: *Wer hält Sie zurück?*

Schüler: (Tritt ein. Er ist sehr schüchtern.) Habe ich das Vergnügen mit Herrn Kammersänger persönlich?

Professor: *Sie haben es.*

Schüler: Maestro! (Will ihm die Hand küssen.)

Professor: *Ich mag das nicht, lassen Sie die Förmlichkeiten!*

Schüler: Ich möchte bei Ihnen Gesangsunterricht nehmen, Maestro.

Professor: *Haben Sie Stimme?*

Schüler: Man sagt, Herr Professor, man sagt. Wenn Herr Professor gestatten, werde ich Herrn Professor etwas vorsingen.

Professor: *Das habe ich befürchtet.*

Schüler: Der Lenz von Hildach. (Macht eine linkische Verbeugung und annonciert:) Der Lenz von Hildach. (Singt:) Die Finken schlagen – der Lenz ist da…

Professor: *Halt! Kennen Sie meine Methode?*

Schüler: Ich hatte leider nicht das Vergnügen. (Mit Verbeugung:) Der Lenz von Hildach. (Singt:) Die Finken schlagen – der Lenz ist da…

Professor: *Ruhe! Vor allem merken Sie sich, dass ich jedes Stimmorgan als ein eigenes Instrument betrachte. Haben Sie mich verstanden?*

Schüler: Jawohl, Herr Professor.

Professor: *(Schreit:) Einen Schmarren haben Sie mich verstanden! Jeder sagt, er hat mich verstanden, und dann hat er mich NICHT verstanden! Singen Sie!*

Schüler: (Verschüchtert:) Bitte, Herr Professor! (Verbeugt sich). Der Hild von Lenzach. (Singt:) Die Schinken flagen – der Lenz ist da…

Professor: *(Hält sich die Ohren zu.) Aufhören! Stellen Sie sich hierher zum Licht! (Zieht ihn hin.) So! Jetzt machen Sie den Mund auf!*

Schüler: (Öffnet den Mund.)

Professor: *(Drohend:) So machen Sie den Mund auf? So macht man einen Schrank auf oder ein Geschäft! Kugelrund müssen Sie ihn aufmachen! So! (Spitzt komisch den Mund, Schüler versucht es nachzumachen.) SO! Und jetzt singen Sie!*

Schüler: (Deutet verzweifelt, dass es so nicht möglich ist.)

Professor: *(Drohend:) Singen Sie!*

Schüler: (Unglücklich, mit gespitztem Mund, singt:) Die Schlager lenzen, der Fink ist da…

Professor: *Sie singen ja aus dem Hals.*

Schüler: Allerdings. Wo heraus soll ich denn singen?

Professor: Das fragen Sie noch? Haben Sie denn immer aus dem Hals gesungen?

Schüler: Immer, Herr Professor! (Weint:) Schon seit meiner frühesten Kindheit.

Professor: Weinen Sie nicht – es ist ja nicht Ihre Schuld. Passen Sie auf. Ein anständiger Sänger singt nicht aus dem Hals, sondern vertieft seine Stimme in die Lunge. (Zeigt den Bauch.)

Schüler: Das ist die Lunge? Aha! Und aus der Lunge heraus singt er dann.

Professor: Nein! Er vertieft seine Stimme bloß in die

	Lunge, schickt sie aber von dort sofort in die Nase.
Schüler:	(Entsetzt:) In die Nase?
Professor:	*Jawohl. Und von dort?*
Schüler:	Von dort?
Professor:	*(Drohend:) Na? Wohin schickt er seine Stimme von dort?*
Schüler:	(Ratend:) Ins Taschentuch!
Professor:	*Nein! Von dort schickt er sie in die Luft! Der Sänger singt also mit der Lunge und mit der eustachischen Röhre.*
Schüler:	Womit?

Professor: *Mit der eustachischen Röhre.*

Schüler: (Verschämt:) Aber, Herr Professor…

Professor: *Sie scheinen nicht zu wissen, was die eustachische Röhre ist.*

Schüler: Doch, das Pfui Deigsi…

Professor: *Blödsinn! Die eustachische Röhre ist jene Röhre, die die Ohrengänge mit den Nasengängen verbindet.*

Schüler: Ach so.

Professor: *Wenn Sie also zum Beispiel einen hohen Ton singen, müssen Sie die Zungenspitze in die Kehle drücken, wodurch der Magen einen resonierenden Hohlraum bildet…*

Schüler:	Aha. (Will singen:) Die Fin…
Professor:	*Kusch! Wenn Sie einen tiefen Ton singen, dann lassen Sie die Zunge nach vorne rutschen und schließen die Augen. (Streng:) Warum schließen Sie die Augen?*
Schüler:	Damit ich nicht sehe, wie der Ton auf das Publikum wirkt.
Professor:	*Falsch! Sie schließen die Augen, damit Sie den Mund weiter aufmachen können! Damit Sie mit der Haut auskommen! Also, machen Sie den Mund auf!*
Schüler:	(Öffnet den Mund.)
Professor:	*So! Und jetzt lassen Sie die Stimmbänder vibrieren.*

Schüler: (Schaut ihn mit offenem Mund hilflos an.)

Professor: *(Wütend:) Haben Sie mich nicht verstanden? Sie sollen mit den Stimmbändern vibrieren!*

Schüler: (Denkt nach, macht dann mit dem ganzen Körper schlangenartige Bewegungen.)

Professor: *Nicht mit den Schuhbändern, mit den Stimmbändern!*

Schüler: Ich weiß nicht, wo die Stimmbänder sind. Habe ich mir gedacht, wenn ich mit dem ganzen Körper vibriere, werden die Stimmbänder mitvibrieren…

Professor: *(Verächtlich:) Wurm! Singen Sie einen Schlager. Kennen Sie »Wenn ich einmal reich wär«?*

Schüler:	Jawohl, Herr Professor. (Verbeugt sich, annonciert:) »Wenn ich einmal reich wär, widiwidiwidiwidiwum…«
Professor:	*Halt! Ich werde Ihnen die Sache erleichtern. Versuchen Sie einmal alle Vokale auf »a« zu singen.*
Schüler:	(Singt:) »Wann ach anmal rach war, wadawadawadawadawam…«
Professor:	*So geht es auch nicht! Versuchen Sie es mit »u«!*
Schüler:	(Weinerlich:) »Wunn uch unmul ruch wur, wuduwuduwuduwuduwum…«
Professor:	*Halt! Sie haben einen zu engen Kragen! Der Sänger muss frei sein!*

(Reißt ihm den Kragen auf.) Singen Sie auf »o«!

Schüler: (Verzweifelt:) »Wonn och onmol roch wor, wodowodowodowodowom…«

Professor: *(Steckt ihm den Finger in den Mund, bis zum Hals.) Falsch! Jetzt ist Ihnen die Stimme in die Kehle gerutscht!*

Schüler: (Greift erschreckt nach der Kehle.)

Professor: *Zeigen Sie mir Ihr Zäpfchen. (Reißt ihm grob den Mund auf.) Sie müssen das Gaumensegel blähen! Blähen Sie! Blähen Sie! Nein, Sie blähen falsch! Kein Wunder, ist ja alles zu eng! Alles aufmachen! (Reißt ihm die Weste auf, zieht ihm das Hemd aus der Hose.) Singen Sie auf »ei«!*

Schüler: (Bereits ganz derangiert, singt weinend:) »Wein eich einmal reich weir, weideiweideiweidiweideiweim…«

Professor: *Auf »au«!*

Schüler: »Waun auch aunmaul rauch waur, waudauwaudau…«

Professor: *(Unterbricht ihn, schreit:) Falsch! Sie ruinieren ja den Resonanzraum! Der ist das Wichtigste beim Singen. Am besten ist es, Sie verwenden den Kopf als Resonanzraum. Geben Sie die Zunge heraus! Ich brauche Ihre Zunge! (Nimmt ein Taschentuch und fasst die Zunge des Schülers.) So! Und jetzt singen Sie!*

Schüler: (Röchelt.)

Professor: *Sie sollen singen – nicht krächzen!*

Schüler: (Deutet ihm, dass es nicht möglich ist.)

Professor: *Singen Sie! Wehe, wenn Sie ersticken!*
Singen Sie!

Schüler: (Schnappt nach Luft.)

Professor: *Singen Sie!*

Schüler: (Stirbt.)

Professor: *(Schaut ihn an, dann bedauernd:) Schade!*
Gerade jetzt hätte er so schöne
Fortschritte gemacht!
(Ruft hinaus:) Der Nächste, bitte!

Der Dank

Franz Hohler

A: So, da wären wir.

B: Ich danke schön. Das war jetzt wirklich nett von Ihnen, dass Sie mich nach Hause gebracht haben.

A: Aber bitte, das ist nicht der Rede wert.

B: Doch, doch. Schließlich war es ein Umweg für Sie.

A: Mit dem Auto ist es ein Katzensprung.

B: Ja, ja. Aber man muss ihn machen. Vielen Dank, ich hoffe, ich kann mich einmal revanchieren.

A: Nicht nötig. Manchmal fahre ich diesen Weg, zu mir nach Hause, auch wenn ich niemanden bei mir habe.

B: *Dann bin ich beruhigt.*

A: Sehen Sie.

B: *Dann ist es ja gar kein eigentlicher Umweg für Sie.*

A: Nicht direkt.

B: *Ach dann, dann ist es ja wirklich eine Kleinigkeit.*

A: Sicher.

B: *Es ist, wie Sie schon zu Beginn gesagt haben, nicht der Rede wert.*

A: Ja-ah.

B: *Man sollte aus einer solchen Mücke keinen Elefanten machen.*

A: Gewiss.

B: *Eigentlich ist es geradezu lächerlich, mit welcher Inbrunst ich mich für so eine Lappalie bedankt habe.*

A: Immerhin habe ich Sie nach Hause gebracht, wieso sollten Sie sich da nicht bedanken?

B: *Ja, aber für Sie war es ja gar kein Umweg, es kam Ihnen also aufs Gleiche heraus.*

A: Trotzdem, sonst hätten Sie zu Fuß gehen müssen.

B: *Was? Sie hätten mich zu Fuß gehen lassen?*

A: Nein, eben nicht, deshalb fand ich auch Ihren Dank nicht unangebracht.

B: *Wieso haben Sie ihn dann von sich gewiesen?*

A: Das hab' ich doch nicht.

B: *Doch, Sie haben gesagt, das sei nicht der Rede wert.*

A: Ach, das sagt man so.

B: *Sie haben meinen Dank richtiggehend torpediert.*

A: Ach wo, ich habe nur meine Geste des Heimbringens etwas heruntergespielt.

B: *Sie haben sie als das deklariert, was sie wirklich war, nämlich eine lächerliche Selbstverständlichkeit, ein Null und Nichts.*

A: So? Das finde ich aber allerhand.

B: *Ich bedaure es, dass ich mich für diesen läppischen Katzensprung bedankt habe, ich werde das in Zukunft nicht mehr tun.*

A: In Zukunft werde ich Sie auch nicht mehr nach Hause bringen.

B: *Soso?*

A: Jaja!

B: *Jaja.*

A: Soso. Mehr noch, ich werde Sie nicht aus dem Auto lassen, bis Sie sich bedankt haben.

B: Ich habe mich ja bedankt.

A: Aber Sie haben Ihren Dank wieder zurückgenommen.

B: Sie haben mich dazu angestichelt durch Ihre bagatellisierenden Bemerkungen.

A: Bedanken Sie sich!

B: Ich denke nicht daran.

A: Bedanken Sie sich!

B: Nein!

A: Bedanken Sie sich!

B: *Nein!*

A: (Würgt ihn.) Und jetzt?

B: *Ich danke Ihnen, dass Sie mich nach Hause gebracht haben.*

A: Aber bitte, das ist nicht der Rede wert.

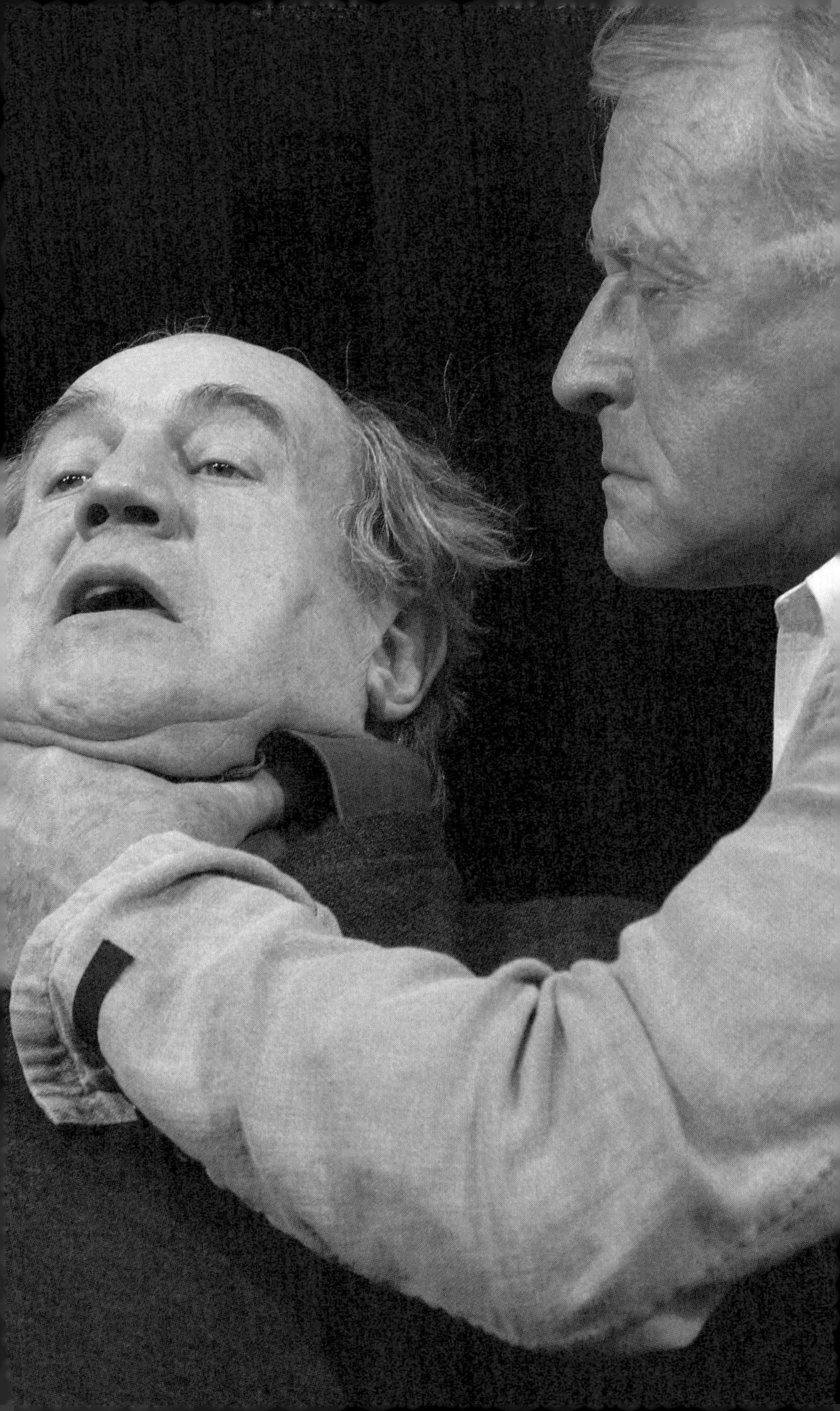

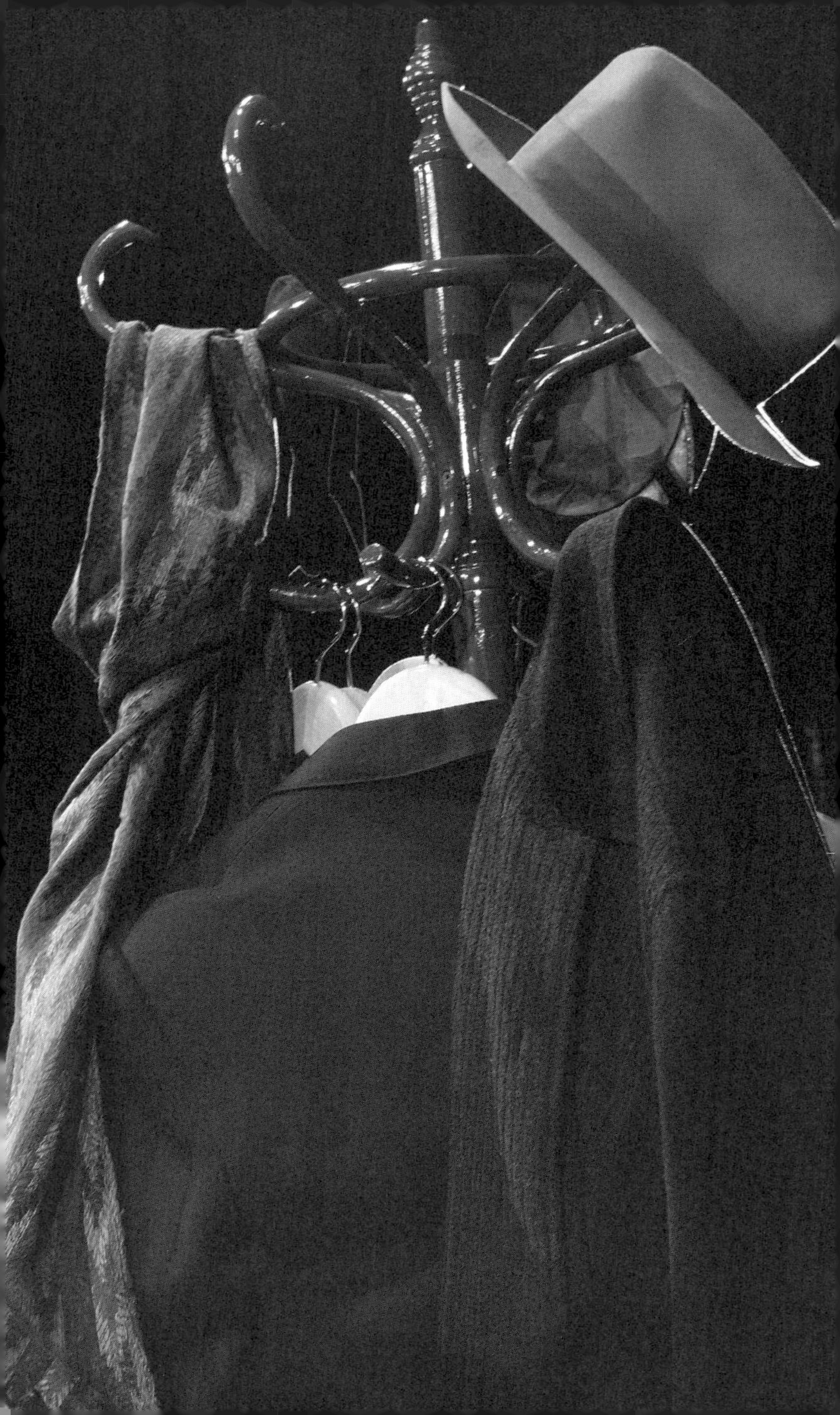

Gespielte Witze

Otto Schenk

Der Löwe

Noch einmal erzählt einer: »Neulich bin ich gegangen in der Wüste. Auf einmal hinter mir ein Löwe. Ich renn' weg, der Löwe rutscht aus. Ich gewinn' ein paar Meter. Der Löwe rutscht aus. Ich renn', ich spür' schon seinen heißen Atem. Er holt aus mit der Pranke, rutscht aus, ich komm' zu einer Palme, der Löwe rutscht aus, ich kletter' auf die Palme und bin gerettet.«

Der andere atemlos zuhörend: »Entschuldige, wenn mir das passiert, ich schwör' dir, ich scheiß' mich an von unten bis oben.«

Darauf der eine: »Auf was, glaubst du, ist der Löwe ausgerutscht?«

Wovon lebst du?

»Wovon lebst du?«

»Ich tu' Fenster vermieten.«

»Fenster vermieten, was ist das?«

»No, wann ist zum Beispiel eine Parade, eine Krönung, eine Inthronisation von einem Bischof, ein Massenturnen, tu' ich meine Fenster vermieten, und die Leute kommen und schauen.«

»Na, wo wohnst du denn?«

»In der Kleinen Schiffsgasse.«

»No sei mir nicht bös', wann ist in der Kleinen Schiffsgasse eine Parade, eine Krönung, eine Inthronisation von einem Bischof oder ein Massenturnen?«

»Na kannst dir vorstellen, wie ich leb'.«

Der Prall

»Wovon lebt dein Sohn?«

»Mein Sohn ist ein Dichter.«

»Was ist ein Dichter?«

»Ein Dichter macht Verse.«

»Was ist ein Vers?«

»Zum Beispiel: Die Kuh steht im Stall,

und ich lass an Prall.«

»Und davon lebt dein Sohn?«

Über Otto Schenk

Otto Schenk wurde am 12. Juni 1930 in Wien geboren.

Seine Bilderbuchkarriere begann nach dem Studium am Max-Reinhardt-Seminar mit einem Engagement am Wiener Volkstheater und am Theater in der Josefstadt. 1953 inszenierte er erste Aufführungen an Wiener Kellertheatern, 1957 folgte sein Debüt als Opernregisseur am Salzburger Landestheater mit Mozarts »Zauberflöte«. Der Durchbruch kam 1962 mit der Inszenierung von Alban Bergs »Lulu« an der Wiener Staatsoper. Weitere Erfolge an der Staatsoper feierte Schenk vor allem mit Bizets »Carmen« (1966), Wagners »Tannhäuser« (1982), Kreneks »Karl V.« (1984) und Beethovens »Fidelio« (1970), der heute noch auf dem Spielplan des Hauses am Ring steht.

Bei den Salzburger Festspielen inszenierte er die »Zauberflöte« und die Uraufführung von Cerhas

»Baal« (1981), in Bregenz brachte er 1983 Webers »Freischütz« auf die Seebühne. Ab 1966 war Otto Schenk als ständiger Regisseur und zeitweise als Oberspielleiter der Wiener Staatsoper tätig.

An der New Yorker Metropolitan Opera debütierte er 1970 mit »Fidelio«, 1978 inszenierte er dort Richard Wagners »Tannhäuser«. Von da an ist sein Lauf ungebremst: Es folgten Produktionen wie »Die Fledermaus« von Strauß (1984) und »Die Meistersinger von Nürnberg« (1993). Ab 1986 setzte er außerdem zum ersten Mal seit 1965 Wagners kompletten »Ring« an der Met in Szene. Otto Schenk bespielte die führenden Opernhäuser und Theater der Welt, unter anderem auch die Mailänder Scala und die Covent Garden Opera in London. Nach rund 120 Inszenierungen zog sich Schenk von der Opernregie ganz zurück.

Als Schauspieler feierte Schenk nach seiner Kellertheater-Zeit Erfolge als Wladimir in Becketts »Warten auf Godot« (1962), als Thisbe in Shakespeares »Sommernachtstraum« bei den Salzburger Festspielen (1966), als »Bockerer« in Ulrich Bechers und Peter Preses' gleichnamigem Stück (1984 im Münchner Volkstheater bzw. 1993 in der Josefstadt) sowie als Nat in Herb Gardners »Ich bin nicht Rappaport« (1988, Josefstadt). Weiters spielte er an der Josefstadt unter anderem den Salieri in Shaffers »Amadeus« (1991), die Titelrolle in Molières »Der Geizige« sowie im Ein-Personen-Stück »Die Sternstunde des Josef Bieder« (1993). Bei den Salzburger Festspielen war Schenk außerdem als Wurzel in Jürgen Flimms Raimund-Inszenierung »Der Bauer als Millionär« (1987) sowie als Schnoferl in Nestroys »Das Mädel aus der Vorstadt« (1989), als Berühmter Mann in Hofmannsthals »Der Schwierige« (1991) sowie als Rappelkopf in Raimunds

»Der Alpenkönig und der Menschenfeind« (1996) zu sehen.

Zwischen 1986 und 1988 fungierte er bei den Festspielen außerdem als Direktoriums-Mitglied. Von 1988 bis 1997 war Otto Schenk hochdekorierter Intendant des Wiener Theaters in der Josefstadt.

Zu den jüngsten Theaterarbeiten Otto Schenks zählen unter anderem die Uraufführung des Turrini-Stückes »Liebe in Madagaskar«, in der er die Rolle des Josef Ritter spielte, die Nestroyposse »Höllenangst«, in der Schenk den Flickschuster Pfriem verkörperte, das Kammerspiel »Sonny Boys«, Peter Turrinis Inszenierung seines eigenen Stückes »Josef und Maria« oder die jüngste Inszenierung der Karl-Kraus-Tragödie »Die letzten Tage der Menschheit« im Südbahnhotel am Semmering. Regie führte Otto Schenk zuletzt bei Carl Zuckmayers »Des Teufels General«, bei Ödön

von Horváths »Glaube, Liebe, Hoffnung«, beides im Theater in der Josefstadt. Weiters inszenierte der Allround-Künstler das Schnitzler-Stück »Liebelei« im Rahmen der Sommerfestspiele Reichenau sowie Hugo von Hofmannthals »Schwierigen« in der Josefstadt.

Otto Schenk hat die österreichische Schauspielszene als Schauspieler, Kabarettist und Regisseur stark geprägt und zählt zu den größten Komikern des Landes. Neben seinem umfangreichen Theater- und Opernengagement war und ist Otto Schenk auch als Filmschauspieler und -regisseur sehr aktiv: Zu seinen bekanntesten Arbeiten zählen zahlreiche Komödien wie »Mein Opa ist der Beste«, »Opa und die 13 Stühle«, »Ein Schutzengel auf Reisen«, »Ein Herz wird wieder jung« oder »Tafelspitz«.

Mit seinen Leseabenden wie »Sachen zum Lachen«, »Alles Mögliche zum Lachen« oder »Humor ist…«

sorgt Otto Schenk im gesamten deutschen Sprachraum immer wieder für gute Unterhaltung. Die umjubelten Lesungen gelten bei Publikum und Kritikern als wahre Kostbarkeiten des Humors und zeugen von der Brillanz seiner schauspielerischen Interpretation.

Anlässlich seines 70. Geburtstages schrieb die Presse: »Hinter Otto Schenks Genie des Gewöhnlichen und kindlich-naiver Lustigkeit lauert ein dunkler Abgrund, den er, wie alle großen Komiker, stets unterschwellig verspüren lässt.«

Auszeichnungen

Zu seinen Auszeichnungen zählen unter anderem:
Johann-Nestroy-Ring (1991)
Bayerischer Filmpreis (1993)
Großes Goldenes Ehrenzeichen für Verdienste um die Republik (1994)

Karl-Valentin-Orden (1995)

Ehrenring der Stadt Wien (1997)

Rollen am Theater in der Josefstadt und den Kammerspielen

1954 Paul d'Argenson in »Sabrina«

Dr. Bird in »Meuterei auf der Caine«

Smilzo in »Don Camillo und Peppone«

1955 Cristobal in »Mariana Pineda«

Woditschka in »Die Abenteuer des braven Soldaten Schwejk«

John in »Die liebe Familie«

1956 Ernest Poivrier in »Politik und Liebe«

1957 Hansueli Schifferli in »Man ist nur zweimal jung«

1958 Plutzerkern in »Der Talisman«

Ein Tourist der Gestapo in »Jacobowsky und der Oberst«

Reithofer in »Ich bin kein Casanova«

Alfred in »Glückliche Zeiten«

1959 Fremdenführer in »Panoptikum«

Thomas Diafoirus in »Der eingebildete Kranke«

Der Doktor in »General Quijote oder der verliebte Reaktionär«

Flossinger in »Der Bund fürs Leben«

Ferdinand Mayherr in »Rabenmutter«

Holzapfel in »Viel Lärm um Nichts«

1960 Ein Muttermörder in »Der Schulfreund«

Hans in »Die Nashörner«

Smirnow/Lomow in »Der Bär/Der Heiratsantrag«

Wenzel Cadera in »Alphabet in der Ewigkeit«

Oskar Ströbel in »Moral«

Der Polizeiwachtmeister in »Die Polizei«

1961 Otto Ingrisch in »Tohuwabohu«

James in »Er soll dein Herr sein«

Max Stehberger in »Mit besten Empfehlungen«

1962 Wladimir in »Warten auf Godot«

Joseph in »Die Zeit der Kirschen«

Probstein in »Wie es euch gefällt«

1969 Albert/Bumml in »Herzliches Beileid/ Zeitvertreib«

1974 Theodor in »Der Unbestechliche«

1978 Direktor in »Sechs Personen suchen einen Autor«

1980 August August, August in »August August, August«

1988 Diverse in »Alles Walzer«

1989 Nat in »Ich bin nicht Rapapport«

Volpone in »Volpone«

1990 Anton Muffl/Mr. Pringle in »Frühere Verhältnisse/Wirklich schade um Fred«

Tito Merelli in »Othello darf nicht platzen«

1991 Schnoferl in »Das Mädel aus der Vorstadt«

Antonio Salieri in »Amadeus«

1993 Josef Bieder in »Die Sternstunde des Josef Bieder«

Karl Bockerer in »Der Bockerer«

1994 Zauberkönig in »Geschichten aus dem Wiener Wald«

Der Mann in »Grillparzer im Pornoladen«

1995 Siegfried Potasch in »Potasch und Perlmutter«

Knieriem in »Der böse Geist Lumpacivagabundus«

1996 Diverse in »Ein öffentlicher Ankläger«

Harpagon in »Der Geizige«

1997 Diverse in »Unterm Hammer«

Jacobowsky in »Jacobowsky und der Oberst«

Pfrim in »Höllenangst«

1999 Willie Clark in »Sonny Boys«

Josef Pribil in »Josef und Maria«

2000 Der Großvater in »Der verkaufte Großvater«

2001 Niklaus Zettel in »Ein Sommernachtstraum«

Peter Dickkopf in »Heimliches Geld, heimliche Liebe«

2003 Davies in »Der Hausmeister«

Siggi Grünebaum in »Kanari«

2004 Argan in »Der eingebildete Kranke«

Regie am Theater in der Josefstadt und den Kammerspielen

1955 »Umsonst« von Johann Nestroy
»Unentschuldigte Stunde« von Adorjan Stella, Stefan Bekeffi
1957 »Der Hofrat Geiger« von Martin Costa
1958 »Kennen Sie die Milchstraße« von Karl Wittlinger
1959 »Charleys Tante« von Brandon Thomas
1960 »O Wildnis« von Eugene O'Neill
1961 »Der Wald« von Alexander Nikolajewitsch Ostrowskij
»Scapin« von Molière
1962 »Frühere Verhältnisse« von Johann Nestroy
1963 »Leocadia« von Jean Anouilh
1964 »Kasimir und Kaoline« von Ödön von Horváth
1981 »Reigen« von Arthur Schnitzler
1987 »Professor Bernhardi« von Arthur Schnitzler

1988 »Fast ein Poet« von Eugene O'Neill

1989 »Reigen« von Arthur Schnitzler

1990 »Anatol« von Arthur Schnitzler

1991 »Die von nebenan« von Tom Griffin

1992 »Der widerspenstigen Zähmung« von William Shakespeare

1993 »Die Möwe« von Anton Tschechow

»Die lustigen Nibelungen« von Rideamus

1994 »Das weite Land« von Arthur Schnitzler

»Das Lächeln des Barrakuda« von Esther Vilar

1995 »Der Unbestechliche« von Hugo von Hofmannsthal

»Komtesse Mizzi/Literatur« von Arthur Schnitzler

1997 »Armut« von Anton Wildgans

1998 »Glaube, Liebe, Hoffnung« von Ödön von Horváth

»Des Teufels General« von Carl Zuckmayer

2000 »Der Schwierige« von Hugo von Hofmannsthal

WESTERN IMPORT Co Ltd
4 GERRARD STREET LONDON W

Über Helmuth Lohner

Helmuth Lohner debütierte am Stadttheater Baden bei Wien; als Operettenbuffo wurde er anschließend an das Stadttheater Klagenfurt engagiert. 1953 bis 1963 spielte er am Theater in der Josefstadt. Es folgten Engagements am Berliner Kurfürstendamm und am Münchener Residenztheater. Weitere Stationen seiner Laufbahn waren das Thalia Theater in Hamburg, 1963 bis 1967 das Deutsche Schauspielhaus unter Oscar Fritz Schuh, die Schauspielhäuser in Düsseldorf und Zürich und immer wieder das Wiener Burgtheater und die Salzburger Festspiele.

Von 1997 bis 2003 war Helmuth Lohner Direktor des Theaters in der Josefstadt, dessen künstlerische Leitung er erneut im Herbst 2004 interimistisch übernommen hat.

Lohner gilt als überaus wandlungsfähiger, disziplinierter und hochsensibler Darsteller von hoher

Sprechkultur, dessen Repertoire von Shakespeare bis Schnitzler reicht. Er überzeugte als Hamlet, König Richard III., als Mephisto wie auch in Kafkas »Schloß« und als Richard in Pinters »Liebhaber«. Darüber hinaus ist er als der ideale Nestroy-, Schnitzler- und Horváth-Interpret geschätzt. Über seinen Alfred in Horváths »Geschichten aus dem Wiener Wald« schrieb Friedrich Torberg 1967: »Man wird die Darsteller solcher zwielichtiger Horváth-Helden in Hinkunft an Helmuth Lohner messen.«

Dem breiten Publikum wurde Helmuth Lohner zunächst als Filmschauspieler bekannt. In den 50er und 60er Jahren spielte er in vielen kommerziellen Unterhaltungsfilmen. »Ich habe damals meinen Beruf geschwänzt und viel Theater versäumt«, meinte Lohner 1990 in der ZEIT. An ein Ensemble wollte er sich nicht mehr binden; die Angst, zum »Einrichtungsgegenstand« zu werden, ließ ihn ständig

zwischen München, Wien, Bonn, Berlin, Zürich und Salzburg pendeln, wo er bei den Festspielen 1990 zum ersten Mal den »Jedermann« spielte und damit großen Erfolg feierte. Vielgelobt war auch 1991 in Hamburg sein Archie Rice in Osbornes »Entertainer« in der Inszenierung von Jürgen Flimm. Immer wieder gestaltete Lohner auch Soloprogramme mit Rezitationen und Couplets.

Rollen am Theater in der Josefstadt und den Kammerspielen

1953 Jean Pierre in »Südfrüchte«
Glasjung in »Das Nachfolge Christi-Spiel«
Arthur in »Das Schloss«
Dollner in »Johanna aus Lothringen«
1954 Nicholas Devize in »Die Dame ist nichts fürs Feuer«
1. Logenschließer in »Manon«
Martin in »Der erste Frühlingstag«
Mr. Seiko in »Das kleine Teehaus«

Olivier Laprade in »Glückliche Tage«

Leon in »Weh dem, der lügt«

Masham in »Das Glas Wasser«

Lt. Willis Seward Keith in »Meuterei auf der Caine«

Mariolino Giro in »Don Camillo und Peppone«

1955 Fernando in »Mariana Pineda«

1956 Der Graf in »Die Schule der Väter«

Gottfried in »Armut«

Armand Duval in »Die Kameliendame«

1957 Alexej Nikolajewitsch Bjeljaew in »Ein Monat auf dem Lande«

1958 Eugen Gant in »Schau heimwärts, Engel«

1961 Tony Burgess in »Die Spur der Leidenschaft«

Lelio in »Der Lügner«

1963 Der Prinz in »Leocadia«

1981 Dichter in »Reigen«

1991 Jedermann in »Ein Jedermann«

1992 Tartuffe in »Der Tartuffe«

1993 Boris Alexejewitsch Trigorin in »Die Möwe«

Leo in »Pension Schöller«

Elwood P. Dowd in »Mein Freund Harvey«

1994 Friedrich Hofreiter in »Das weite Land«

1995 Theodor in »Der Unbestechliche«

Cooper in »Schon wieder Sonntag«

1996 Nebel in »Liebesgeschichten und Heiratssachen«

1997 Szabuniewicz in »Jacobowsky und der Oberst«

Captain Shotover in »Haus Herzenstod«

Jesus Costazuela in »Ein ungleiches Paar«

1998 Willy Loman in »Tod eines Handlungsreisenden«

Graf Almaviva in »Figaro lässt sich scheiden«

1999 Al Lewis in »Sonny Boys«

2000 Willibald in »Die schlimmen Buben in der Schule«

Hans Karl Bühl in »Der Schwierige«

Otto Marvuglia in »Der große Zauber«

Robert in »Der Schein trügt«

Schlicht in »Mein Freund«

2001 Franz Flaut in »Ein Sommernachtstraum«

Niklaus Zettel in »Ein Sommernachtstraum«

2002 Ed in »Seid nett zu Mr. Sloane«

Alceste in »Der Menschenfeind«

Regie am Theater in der Josefstadt und den Kammerspielen

1995 »Der böse Geist Lumpacivagabundus« von Johann Nestroy

»Die Dame vom Maxim« von Georges Feydeau

1997 »Jacobowsky und der Oberst« von Franz Werfel

»Höllenangst« von Johann Nestroy

Film- und Fernsehrollen u.a.

1955 »Hotel Adlon«

1958 »Das Wirtshaus im Spessart«

1959 »Die schöne Lügnerin«

»Frau Warrens Gewerbe«

1961 »Das letzte Kapitel«

»Im 6. Stock«

1968 »Hannibal Brooks«

»Das letzte Kapitel«

1976 »Hier bin ich, mein Vater«

(Derrick)

1981 »Der lebende Leichnam«

(nach Tolstoi)

1983 »Shalom Pharao«

1984 »Ein liebes Paar«

1985 »Seinerzeit«

»Flucht ohne Ende«

»Tarabas«

1986 »Die Geschichte einer Vielgeliebten«

1987 »Der elegante Hund«

(ARD-Serie)

Fernsehregie:

1995 »Mein Opa ist der Beste«

1997 »Mein Opa und die 13 Stühle«

(beides mit Otto Schenk)

Quellenverzeichnis

Elefantenkauf (Seite 11) – Hugo Wiener
© Thomas Sessler Verlag

Herr Powondra (Seite 27) – Hugo Wiener
aus: Hugo Wiener, »Beste Satiren. Zebras sind keine Elefanten«
© Amalthea, Wien/München 1982

Mein Nachbar in Grinzing (Seite 39) – Anton Kuh
© Thomas Sessler Verlag

Levkojen (Seite 47) – Hugo Wiener
aus: Hugo Wiener, »Doppelconference«
© Amalthea, Wien/München 1972

Die Fahrstunde (Seite 81) – Willy Pribil
© Österreichischer Bühnenverlag Kaiser & Co GesmbH

Der größte Feind der Menschheit (Seite 99) – Stefan Lukschy/Otto Schenk
© Thomas Sessler Verlag

Der Transport (Seite 107) – Ernst Hagen
© Thomas Sessler Verlag

Auf den Flügeln des Gesanges (Seite 117) – Paul Kiralyhegyi/Georg Kövary
© Thomas Sessler Verlag

Der Dank (Seite 133) – Franz Hohler
© Franz Hohler, Kabarettist und Schriftsteller, Zürich

Gespielte Witze (Seite 143) – Otto Schenk

Fotos

Umschlag und Seiten 10, 26, 38, 45, 46, 79, 80, 97, 98, 106, 116, 131, 132, 141, 142, 147, 148, 168 © Moritz Schell

Mit freundlicher Genehmigung des Theaters in der Josefstadt:

Seite 152 aus »Viel Lärm um Nichts«, 1959, © Ernst Hausknost

Seite 155 aus »Rabenmutter«, 1959, © Ernst Hausknost

Seite 158 aus »Rabenmutter«, 1959, © Ernst Hausknost

Seite 161 aus »Der eingebildete Kranke «, 1959, © Ernst Hausknost

Seite 164 aus »Der Geizige«, 1996, © Margit Münster

Seite 168 aus »Sonny Boys«, 1999, © Margit Münster

Seite 172 aus »Weh dem, der lügt«, 1954, © Michael Kössler

Seite 175 aus »Meuterei auf der Caine«, 1954, © Archiv d. Theaters i. d. Josefstadt

Seite 178 aus »Der Unbestechliche«, 1995, © Margit Münster

Seite 181 aus »Das weite Land«, 1994, © Margit Münster

Christian Ude

Meine verfrühten Memoiren

192 Seiten. Serie Piper

München bleibt auch nichts erspart! Als ich am 2. Mai 1990 zum Bürgermeister einer gleichwohl sehr renommierten süddeutschen Großstadt gewählt wurde, begann ich sofort mit der Niederschrift meiner Memoiren. Der eine oder andere Leser – und vor allem der typische Nichtleser! – wird sich vielleicht fragen: Muß das sein? Und dann noch so früh? Ich nehme diese Frage nicht übel. Mehr noch: ich habe sie mir selbst vorgelegt. Nach längerem Grübeln kam mir die erlösende Erkenntnis: Diese Frage ist falsch gestellt worden!

»Mit dem koketten Charme der Selbstironie und einer gehörigen Portion Schadenfreude deckt er die kleinen und großen Schwächen im politischen Tagesgeschäft und die Machtspielchen der Krämerseelen auf.«
Abendzeitung

05/1059/01/L

Christian Ude

Ich baue ein Stadion

und andere Heldensagen.
192 Seiten mit 19 Karikaturen von Dieter Hanitzsch, 16 Farbfotos von Edith Welser-Ude und 24 weiteren Abbildungen.
Serie Piper

Über nichts kann man so gut Satiren schreiben wie über Politik – vor allem, wenn man Christian Ude heißt und beides ist: begabter Kabarettist und erfolgreicher Politiker. Mit Humor und Selbstironie beschreibt der Satiriker Ude den Alltag des Politikers Ude: Architektenwettbewerbe und Ehrenbürgerpflichten, TV-Talkrunden, Fußballer im Rathaus und vor allem der Bau des neuen Fußballstadions sind dankbare Themen für den Satiriker im Chefsessel der bayerischen Landeshauptstadt.

»Mit viel Witz und Selbstironie berichtet ›Geheimniskrämer‹ Ude aus dem Amtsnähkästchen – und macht den Leser zum schmunzelnden Mitwisser.«
tz, München

05/1915/01/R

SERIE PIPER

Otto Schenk (Hg.)

Sachen zum Lachen

Ein Lesebuch. 224 Seiten. Serie Piper

Erst als Vortragsprogramm, danach als Video-Kassette, schließlich als Buch: Otto Schenks »Sachen zum Lachen« wurden in jeder Form zu einem riesigen Publikumserfolg. Das liegt (neben dem grandiosen Vortrag natürlich) vor allem auch an der Qualität der ausgewählten Texte, die ausnahmslos zu den Meisterwerken der humoristischen Literatur, selbstverständlich speziell der wienerischen, gehören. Peter Altenberg und Alfred Polgar, Roda Roda, Egon Friedell, Robert Neumann und der große Karl Kraus vertreten diese Spielart der »Sachen zum Lachen«. Aber Goethe und Schiller, die großen Klassiker, sind ebenso präsent wie die Spötter Heinrich Heine, Wilhelm Busch und Kurt Tucholsky.

»Wem dieses Buch nicht mindestens ein Schmunzeln entlockt, bei dem ist Hopfen und Malz verloren.«
Münchner Merkur

05/1060/02/L

Willy Brandt

Lachen hilft

Politische Witze. Herausgegeben von Brigitte Seebacher-Brandt. 157 Seiten. Serie Piper

Willy Brandt hielt gerne schriftlich fest, was ihm an politischen Witzen begegnete – ob auf den Speisekarten eines Staatsbanketts, auf Notizzetteln oder auf Schnipseln, die er aus Büchern herausriß. Immer war er auf der Suche nach neuen, befragte seine Gesprächspartner und erprobte ihre Wirkung, indem er sie weitererzählte. Auch plante er selbst noch eine Veröffentlichung und entwarf eine Gliederung an seinem eigenen politischen Leben entlang: Witze zur Exilzeit, zu Krieg und Nationalsozialismus, zur SPD, zu Bundesrepublik und DDR, zur Weltpolitik zwischen den großen Blöcken. Seine Witwe Brigitte Seebacher-Brandt hat die Sammlung gesichtet und die besten Witze ausgewählt, unter dem Motto, das Willy Brandt selbst vorgegeben hatte: Was immer auch passiert, welch seltsame Dinge einem im Leben begegnen – lachen hilft!

05/1385/01/R

Jim Dodge

Fup

Aus dem Amerikanischen von Harry Rowohlt. 128 Seiten mit Illustrationen von Atak. Serie Piper

Whiskeybrenner und Rauhbein Jake ist dank seines hochprozentigen, unsterblich machenden Feuerwassers schon ziemlich uralt, als er seinen verwaisten und vermögenden Enkel Tiny adoptiert. Dieser ist ständig damit beschäftigt, Zäune zu bauen und das sagenumwobene Wildschwein zu jagen. Auf einem seiner Streifzüge findet er ein kleines Entenküken: Fup, eine herausragende Persönlichkeit, die fortan als Mitglied der kleinen Familie zählt und unter der Obhut der beiden zu einer zwanzigpfündigen Wunderente heranwächst ... Ein liebevolles Märchen, das zum skurrilen Kultklassiker wurde.

Kongenial übersetzt von Harry Rowohlt und großartig illustriert von Atak.

05/1743/01/L

K. L. McCoy

Mein Leben als Fön

Abenteuerroman. Aufgeschrieben von Tilman Rammstedt, Michael Ebmayer, Florian Werner und Bruno Franceschini. 208 Seiten. Serie Piper

»Mein Leben als Fön« ist die abenteuerliche, aberwitzige und mitreißende Lebensbeichte des Klaus Luzifer McCoy, des verwegenen Zeitreisenden, der unterwegs ist in einer großen Mission – der Kunst des Haartrocknens. Der abenteuerliche Bericht des unerschrockenen K. L. McCoy – eigensinnig, charmant, spielerisch. Zusammengetragen und aufgeschrieben wurde sie von seinen größten Bewunderern.

»Dieses Buch ist so zugespitzt, so absurd und so voller feiner Wortspielereien, dass man eine rechte Freude daran hat.«
Süddeutsche Zeitung

05/1907/01/R

Gerhard Polt

Hundskrüppel

Lehrjahre eines Übeltäters.
112 Seiten. Serie Piper

In Milchkannen spucken, in der Trambahn mit Zigarettenstumpen Hutbrände verursachen oder beim Metzger die Weißwürste vorkosten … Gerhard Polts Kindheitserinnerungen aus der Nachkriegszeit sind gespickt mit den Waffen des fantasiebegabten Kindes, eingesetzt gegen erwachsene Griesgrame und Grantler, um ihnen derbe Flüche zu entlokken wie »Du Hundskrüppel, du verreckter!«. Denn jeder Kindertag ohne einen gelungenen Streich ist verschenkt.

»Ein schmales, aber sehr gehaltvolles Traktat … Subtil richtete sich das subversive Tun Polts und seiner Freunde gegen jede Art von Obrigkeit und betonierte Ordnung. Und dabei ist es bis heute geblieben.«
Münchner Merkur

Karl Valentin

Mein komisches Wörterbuch

Sprüche für alle Lebenslagen.
Herausgegeben von Dieter Wöhrle.
144 Seiten. Serie Piper

Die ganz besondere Enzyklopädie: 263 Sprüche aus Valentins Texten, Stücken und Filmen – von Anfang bis Zufall, von Arznei bis Velozipedistik. Aus Valentins Gesamtwerk hat Dieter Wöhrle einschlägige Stellen herausgefischt und augenzwinkernd verschlagwortet. Mit dabei sind geflügelte Worte wie die Episode von den Semmelnknödeln, die berühmte Vereinsrede »Meine lieben Gäste und Gästinnen« oder die Zukunft, die früher auch besser war, aber auch unbekanntere Fundstükke.

»Karl Valentin ist für mich einer der Größten.«
Christoph Schlingensief

05/1917/01/L

05/1918/01/R

Helge Timmerberg

Timmerbergs Reise-ABC

Cartoons von Peter Puck.
128 Seiten. Serie Piper

Wie hoch ist das Risiko, von einer herunterfallenden Kokosnuß erschlagen zu werden? Was tut man, wenn man beim romantischen Strandrendezvous von einem Hunderudel überfallen wird? Und warum sollte man den nächsten Flieger nach Hause nehmen, wenn man im Ausland Zahnschmerzen bekommt? Weltenbummler Helge Timmerberg verrät seine besten Tips und Tricks von A wie Anfängerfehler bis Z wie Zahnarzt. Sein Buch darf in keiner Reisetasche fehlen, denn mancher Rat wird sicher gebraucht in der schönen, gefährlichen Fremde …

»Ein neues Kultbuch. Jeder, der eine Reise plant, sollte es vorsichtshalber lesen.«
Bunte

05/1891/01/L

Dietmar Bittrich

Dann fahr doch gleich nach Hause!

Wie man auf Reisen glücklich wird.
160 Seiten. Serie Piper

Ein wunderbares Trostbuch für Urlauber über die schrecklichen Erlebnisse, die jede Reise unwillkürlich mit sich bringt: besetzte Liegen am Pool, lärmende Hotelnachbarn sowie Mitreisende, die mit ihrer Drängelei die Seilbahn ins Schwanken bringen. Dietmar Bittrich kennt sie alle, die kleinen und großen Tücken des Reisealltags – von ungenießbaren Landesspezialitäten bis zu den Warteschlangen vor Sehenswürdigkeiten, die man zu Hause garantiert links liegen lassen würde.

»Lustig im Stil, aber gnadenlos in der Sache, hält Bittrich dem Reisenden einen Spiegel vors Gesicht. Am Ende ist man erschöpft vor Lachen, entsetzt über sich selbst und mit dem Autor einer Meinung: Für achtzig Prozent aller Reisenden ist die Rückkehr das glücklichste Erlebnis des Urlaubs.«
Welt am Sonntag

05/1892/01/R

SERIE PIPER

Michael Tetzlaff

Ostblöckchen

Eine Kindheit in der Zone. Vorwort von Katja Lange-Müller. 176 Seiten. Serie Piper

Wenn Michaels Vater die DDR auf seine ganz eigene Weise erklärt, bringt er den Sohn in echte Schwierigkeiten. Ist »Stasi« wirklich die Abkürzung von »Starrsinn«? Und was hat Fasching mit Faschisten zu tun? In regelmäßigen Abständen kommen die Westverwandten, die sinnlose Geschenke mitbringen und sich mit Radeberger Pilsner betrinken. Der kleine Michael kann sie ebenso wenig leiden wie den Ernteeinsatz und das Wehrlager … Voller Witz und Ironie hat Michael Tetzlaff seine Erinnerungen an eine etwas andere Kindheit und Jugend in der DDR aufgeschrieben – ohne in die viel zitierte Ostalgie zu verfallen.

05/1908/01/L

Walter Kirn

Daumenlutscher

Roman. Aus dem Amerikanischen von Kristian Lutze. 316 Seiten. Serie Piper

Justin ist Daumenlutscher. Eigentlich kein Problem, nur leider ist er schon vierzehn und sein machohafter Vater Mike gar nicht begeistert von den überbissbedingten Zahnarztkosten. Dabei geht auch Mike einer eher zweifelhaften Beschäftigung nach: Er jagt wie besessen Hirsche, während Justins Mutter Audrey von einem Rendezvous mit Don Johnson träumt. Und der von Pubertätswirren geplagte Junge versucht seine chaotische Familie zusammenzuhalten … Eine witzige und hintergründige Geschichte über den ganz normalen Wahnsinn einer amerikanischen Familie.

»Eine hinreißend komische Familien- und Pubertätsstory aus der Sicht des liebenswertesten Psychopathen der Welt.«
Brigitte Young Miss

05/1745/01/R

SERIE PIPER

Radek Knapp

Herrn Kukas Empfehlungen

Roman. 251 Seiten. Serie Piper

Ein Reisebus wie ein umgestürzter Kühlschrank, voll mit Wodka und Krakauer Würsten – und mittendrin Waldemar, der sich auf Empfehlung seines Nachbarn Herrn Kuka auf den Weg nach Wien gemacht hat. Was den angehenden Frauenhelden im goldenen Westen erwartet, erzählt der Aspekte-Literaturpreisträger Radek Knapp in seinem Romandebüt so vergnüglich, daß man das Buch nicht aus der Hand legt, ehe man das letzte Abenteuer mit Waldemar bestanden hat.

»Mit hintergründigem Humor erzählt Knapp von erotischen und kapitalistischen Versuchungen, läßt seinen Helden von ›regelmäßigem Steinzeitsex‹ delirieren und in böse Fallen tappen – und zimmert aus den Verwirrungen des Zauberlehrlings Waldemar eines der unterhaltsamsten und durchtriebensten Bücher der Saison.«

Der Spiegel

05/1099/01/L

Ingvar Ambjörnsen

Ausblick auf das Paradies

Roman. Aus dem Norwegischen von Gabriele Haefs. 208 Seiten. Serie Piper

Elling, zweiunddreißigjähriger Frührentner, hat sich das Leben nach dem Tod seiner Mutter ganz gut eingerichtet: Im Zentrum steht seine heimliche Liebe zur norwegischen Ministerpräsidentin Gro Harlem Brundtland. Gelegentlich ausbrechende erotische Phantasien sind ihm eher peinlich. Außerdem hat er sich ein teures Fernglas gekauft. Wenn er das auf den Nachbarblock richtet, kann er Abend für Abend verfolgen, was sich hinter den erleuchteten Fenstern abspielt. Doch Ellings Phantasien werden immer absurder, die Realität kommt ihm immer mehr abhanden, zuletzt steht das Sozialamt vor der Tür.
Ingvar Ambjörnsen verheimlicht nicht, daß in diesem komischen und hinterhältigen Roman ein wenig Hitchcock grüßen läßt. Mit sanfter Perfidie steigert er die Irritation der Geschichte zum beklemmenden Finale.

05/1117/01/R